두 남자를 위한
에피그램

두 남자를 위한 에피그램.

글 이창형 | 발행인 김윤태 | 책임편집 이우근 | 발행처 도서출판 선
등록번호 제 15-201 | 등록일자 1995년 3월 27일 | 초판 1쇄 발행 2022년 3월 15일
주소 서울시 종로구 삼일대로 30길 23 비즈웰 427호
전화 02.762.3335 팩스 02.762.3371
값 16,000 원
ISBN 978-89-6312-613-5 03810

두 남자를
위한
에피그램

이창형 지음

누구나 그렇듯 부모는 떠난다. 그러나 그것은 단순한 슬픔으로 그치지 않는다. 살아가는 힘이 된다. 그것이 그들이 남긴 위대한 유산이다.

부모님의 결혼식

머릿글

아버지 고생하셨습니다. 죄송합니다

2019년 4월 5일 음력 3월 1일 오전 5시 30분 아버지는 숨을
거뒀다.
가래를 뱉지 못하면서 호흡이 힘들었다.
왼쪽 입술 위가 파르르 떨렸다.
아들을 물끄러미 쳐다보신다.
눈가에 이슬이 맺혔다.
눈으로 오가는 짧은 대화….
그리곤 평온하게 잠이 드셨다.
"아버지, 고생하셨습니다. 죄송합니다."
이 말만 되뇌이며 울부짖는다.

87년의 고행 길을 마감했다.
첩첩산중 마을에서 4형제 중 3째로 태어나 숟가락 한 쌍 들고

7번국도 옆 시골마을로 살림을 났다.
지난한 가난, 평생을 몸뚱이 하나로 버티셨다.
네 자식 중 오라비와 동생 뒷바라지 하는 큰 딸만 빼고 세
자식을 대학까지 보냈다.
나의 아버지의 단출한 행장(行狀)이다.

오래 오래 볼 수 없는 목단꽃이 올해에도 다시 피었지만
아버지는 이제 내 곁에 없다.
꽃이 활짝 필 무렵, 가신 엄마를 기다리며 가쁜 숨을
몰아쉬던 아버지는 낙화를 붙잡으려 안간힘을 쓰다가 함께
꽃을 따라 갔다.
이젠 아들이 텅 빈 시골집 마당을 지키며 봉우리를 맺은
목단꽃으로 다시 개화를 준비한다.
아버지와의 '불편한 동거', 아버지로부터 나의 홀로서기를 다시
훈육 받은 그 지난한 세월은 여전히 멈춰 있다.
그 세월 속에는 아버지의 숨결을 품은 사계절이 무럭무럭
피어나고 있다.

아버지의 초상(肖像)에서
세상의 길을 묻다

이우근(시인)

나는 중국의 문인 주쯔칭의 '아버지의 뒷모습'을 이야기하려는 것이 아니다.

물론 주쯔칭의 아버지 역시 한 아들의 아버지였다.

희생과 헌신, 배려와 염려의 화신으로서의 아버지를 이야기하려는 것이 아니다.

나는 오직 한사람의 아버지로서의 이창형의 이야기에 귀를 기울였다.

역사에 족적을 남기든, 한사람의 인생역정에 작은 흔적을 남기든 그것은 중요하지가 않다,

아버지는 아이들의 아버지로, 그 신성불가침의 위치에서 불멸(不滅) 혹은 불후(不朽)로 남아있을 것임을 믿어 의심치 않는다는 말을 하고 싶을 뿐이다.

신화(神話)가 위대할 필요는 없다.

거시(巨視)의 시대는 갔다. 미시일수록, 그것이 사실일수록, 또한 그것이 내 앞의 진솔한 현실이라면 그것이 바로 역사이리라.

그것은 나아가 날이 선 시퍼런 증명이며 벼리고 벼린 기록이 될 수도 있을 것이다.

그렇게 이창형의 반추는 비록 소박하고 남루해도 눈부시게 찬란하다.

'고경(古鏡)'이라는 물건이 있다. 말 그대로 옛 거울이라는 뜻이다.

이 물건은 자신의 면면을 그대로 살피는 데 사용이 된다. 외피는 물론 내면의 행태까지 관통하는 신비한 물건이다. 그러나 그 물건이 우리 도처에 널려 있다. 우리가 깨닫지 못할 뿐이다. 그래서 고경은 물건이 아니다. 정신의 돋보기이며 마음의 현미경이다.

이창형은 그것을 옳게 사용할 줄 아는 사람이다.

공부가, 재주가, 테크닉이 좀 모자라면 어떤가, 마음이 바르면 그 사람을 따라갈 재주는 아주 없는 법이다.

그의 글은 짧지만 그래서 그가 하고 싶은 모든 것들이 스며들어 있다.

그 행간(行間)에 흐르는 의미가 공백을 가득 채운다.

안광(眼光)이 지배(紙背)를 철(徹)할 정도로 융숭하게 깊지 않을지는 모르지만 그렇다고 너무 가벼워 떠돌아다니지 않는 고요의 미덕이 있다.

침묵이 우레보다 더 큰 울림을 주고, 여백이 실체보다 더 큰 의미로 다가오는 까닭이다.

습자지에 스며든 옅은 먹이 곧 사라질 듯 하다가도 백년을 가는 이유이기도 하다.

한 편의 수묵화라고 케케묵은 레토릭으로 함부로 단언하지 말아야 할 이유가 거기에 또한 머문다.

아버지와 아들이 영원한 평행선이라고?

그렇지 않다.

먼 곳에서 하나의 소실점에서 결국 만난다고 나는 믿는다.

그곳이 하늘이면 어떻고 지옥이라도 상관이 없다.

함께 하니까. 그것이면 족하다.

그러고도 남는 아쉬움이 이 책일 것이다.

그러나 아쉬움이 힘이 되는 경우가 많다.

스스로의 약점과 빈약함과 모자람과 덜 떨어짐을 통렬하게 반성하고 앞길을 재촉하는 계기가 되기 때문이다.

사람 노릇 하기 참 힘든 시절이다.

이창형의 이 책은 그런 의미에서 한 그릇의 맑은 찬물과 같은 미덕으로 다가온다.

세상의 모든 아버지는 아무도 결코 죽지 않는다.

차 — 례

3부. 홀로서기

4부. 아버지의 유산

1부

다시 목단꽃은 피었는데

불편한 동거의 시작

엄마는 돌아가셨다.

2013년 음력 9월 6일. 암 선고를 받고 불과 3개월 만에 허무하게 엄마는 가셨다.

가을 끝자락에 서서 엄마를 어이없이 보낸 죄책감이 나를 옥죄었다.

모든 일상이 헝클어졌다. 4년 여의 서울생활은 결과적으로 연로하신 부모님을 팽개친 격이었다. 불효자식이었다.

"야야, 엄마가 많이 아프다. 이번 주는 꼭 내려 오거라"

어느 날 엄마의 전화를 받는다.

객지에 나가 있는 아들 생활에 걱정을 끼쳐서는 안 된다는 마음으로 전화도 함부로 안 하시던 엄마의 짧은 전화.

엄마의 생이 얼마 남지 않았음을 그때는 몰랐다.

'춘래불사춘'이라지만 작년의 제비는 다시 돌아왔다.

병원엘 가고, 부랴부랴 검사를 하고, 그 결과는 암이었다.

비행기를 타고 서울 병원을 가고, 입원을 하고, 온갖 검사를 했지만 방법은 없었다. 이미 전이가 상당히 진행되어 있었다. 사람이 할 수 있는 일은 별로 없었다. 사람이 무능하기가 그렇게도 서러웠다. 속수무책이란 말이 그리도 무서웠다.

엄마는 그렇게 허무하게 가셨다.

아들이 지척에만 살았어도 이 지경까지 방치했을까라는 한탄으로 그해 모진 가을을 보냈다.

엄마 장례식을 치른 직후 시골집에 홀로 남은 아버지와의 불편한 동거가 시작됐다.

겉으론 홀아버지를 봉양하기 위한 것으로 포장됐다.

내면에는 엄마를 허무하게 보낸 아들의 자책과 분노가 오갈 데 없이 다시 시골집으로 되돌아 온 것이었다.

아버지는 총기가 말짱했다. 움직임에 숨이 차는 것 외에는 일상생활에 아무런 지장이 없었다.

나는 아버지의 홀로서기를 위해 함께 한 것이 아니었다.

엄마가 가신 후 흐트러진 내 맘을 의탁할 곳으로 아버지를 택한 것일지도 모른다.

아버지와의 불편한 동거를 통해 아버지로부터 나의 홀로서기를 다시 훈육 받은 것이다.

목단꽃이 엄마의 복스러웠던 얼굴처럼 피었던 어느 날, 제비 한쌍이 빨랫줄에 앉아 지저귄다. '지지배배 지지배배'

작년 처마 밑에 집을 지었던 제비가 다시 돌아온 걸까?

우리 집과 무슨 인연이 있어 집을 짓고 새끼를 낳아 기르고선 훌쩍 떠났던 그 제비가 다시 고향집을 찾아온 것일까.

겨우 내내 빈 제비집을 쳐다보면서 집을 떠난 엄마, 그 뒤를 따라 간 아버지를 기다렸다.

돌아온 제비가 작년 이곳에서 태어나 자란 그 제비의 자식들일 게다.

엄마 아버지가 떠난 빈집을 우두커니 지키고 있는 내가 그 제비의 자식들과 올 여름 '지지배배 지지배배' 아름답게 살 것이라고 다짐한다.

그러나 이 생각은 순전히 나 혼자만의 생각이다.

그립다는 말, 차마 하지 못한다.

봄이 와도 봄이 온 것이 아니라는 말을 실감한다.

목단꽃은 피었는데

아버지는 마당 한켠에 심어진 목단꽃 나무 관리에 정성을 쏟는다.

30여 년은 족히 넘었을 나이를 먹은 나무지만 키는 더 이상 자라지 않았다.

옆으로만 번지는 가지가 원줄기를 힘들게 할 정도였다.

"먼 놈의 나무가 키는 안 크고 뚱뚱해지기만 하노."

아버지는 가쁜 숨을 몰아쉬면서도 혼잣말을 되뇌인다.

옆으로 번진 가지를 몽땅 잘라내며 알아들을 수 없는 말씀을 하시는 아버지의 모습에서 생전 엄마에게 잔소리를 하는 듯 하다.

마당 장독대 옆 목단꽃은 엄마가 심었다.

어느 날, 흥해 장날에 작은 꽃나무를 사서 온 엄마는 이렇게 말했다.

"집안에 꽃나무가 있어야 적막하지 않다, 이 나무가 꽃이 활

마당 한켠의 목단꽃

짝 필 때쯤 우리 아들도 장가 가겠지!"

　큰 아들 장가가기를 소망하며 심은 '꿈나무'인 셈이다.

　그리고 또 어느 봄날, 엄마는 이렇게 말씀하셨다.

　"목단꽃이 저리 활짝 피니 집안에 복이 들어오는 것 같다."

　그해 봄 둘째 아들은 제대로 된 직장을 찾았다.

엄마의 봄 화단에는 미소가 주렁주렁 열렸다.

엄마의 목단꽃 소망은 큰 아들이 장가를 가고, 작은 아들이 취직을 하고, 그리고 매년 봄마다 활짝 핀 복을 가져다줬다.

해마다의 봄이면 목단꽃은 봉우리를 맺는가 싶더니 활짝 꽃을 피우고는 1주일도 되지 않아 꽃잎을 떨어뜨렸다.

오래 오래 볼 수 없는 목단꽃이 올해에도 봉우리를 맺었다.

꽃이 활짝 필 무렵, 다시 꽃이 지는 것을 벌써부터 안타까워해야 한다.

엄마는 그렇게 허무하게 가셨다.

아버지가 단정하게 꽃단장을 하기도 전에.

설날 아침에

━━━━━━━━━━━━━━━━━━━━━━━━➤

설날 아침, 아버지가 분주하다.

기름값이 아까워 보일러를 틀지 않던 아버지가 보일러 소리가 '윙윙' 돌아가는 욕실에서 면도를 하고 있다.

가쁜 숨을 몰아쉬면서도 머리까지 감는다.

옷을 갈아입으시고 소파에 앉아 엄마 차례상을 차리는 아들에게 또 잔소리다.

"대추를 왼쪽에 놓아야지, 제사 지낸지 몇 년인데 아직도 진설 할 줄도 모르느냐?"

큰 집 사촌 형님들이 각자의 제사를 모시고 삼촌을 뵈러 온다.

"아픈 사람에게는 세배하는 게 아니다."

아버지는 세배를 하려는 형님들에게 손사레를 친다.

"요샌, 숨 쉬기가 더 힘들구나, 소변은 아예 못 보고."

그렇게 말씀하시면서도 형님들과 같이 온 조카들에게 5천원

설날 아침의 일출

과 1만원씩 차별 있게 세배돈을 주신다.

'설날 아침에 거울을 보네. 어허, 수염발이 희끗거리네. 키는 작년과 다름없는데, 얼굴은 해마다 달라지는군. 그래도 설날은 어려만 지네'

설날 아침에 거울을 보며 쓴 연암 박지원의 '원조대경(元朝對鏡)'을 떠올리며 지금 이 순간 세월이 멈췄으면 좋겠다는 생각을 한다.

엄마 없는 어버이날

퇴근길 육거리 건널목에 꽃이 지천이다.

카네이션은 비싸서인가? 작은 장미 화분 리어커가 두어 대. 난, "집에 꽃나무가 지천인데", 하며 지나친다. 화분 든 사람들 종종걸음 친다. 행복한 미소.

낮에 여직원이 꽃 화분 두 개를 들고 주차장에 들어섰다.

"5월이 힘들지?"

"애궁…그나마 애들 중학생 되고 나니 한 씨름 덜었어요."

어린이날 안 챙겨도 되니. 친정과 시댁, 퇴근 후 두 곳을 들러야 한다나.

퇴근길 들른 흥해 국밥집. 주인이 묻는다.

"국장님, 꽃 안 샀어요?"

"우리 아부지 그런 거 사 가면 나무랍니다."

그렇게 대답했더니, 70줄의 주인 친언니가 친절하게 귀띔

아버지 칠순잔치

을한다.

"아이구, 노인들 말만 그렇게 하지 속으론 좋아한다!"

지갑서 만원을 꺼내며 꽃 화분 하나 사 달라고 심부름을 시킨다. 주인은 얼마 전 문을 연 꽃집이 있다며 차까지 몰고 간다

작은 화분에 담긴 장미꽃 여섯 송이를 보며, 부모님과 우리 4형제, 여섯 식구를 본다. 두 송이만 피고 나머진 봉우리만 맺혔다.

가족 생각이 난다. 부모님에 2남2녀. 봉우리 하나가 쓰러져 있다. 주인이 일으켜 다시 심는다. 절뚝대는 나를 보는 듯하다.

"그것 머고?"

집에 들어서자 아버지는 괜한 짓을 한다고 나무라신다. 대꾸도 않은 채 꽃바구니 텔리비전 옆에 올려놓는다.

옷 갈아입고 나오니 아버진 꽃을 들고 요리조리 살핀다.

어버이날 당일 빈속에 출근하려는 아들에게 막내가 온다며 밥 먹고 가라신다.

막내 여동생이 차린 밥상에 세 명이 나름 어버이날 축하 아침식사를 한다.

"어젠 너거 오라비가 저 꽃 사 오고. 언니는 오늘 출근이라 용돈 주고 갔다."

아버지가 막내 여동생에게 어제 일을 전한다.

막내가 사 온 카네이션을 들고 홀로 엄마 산소 가는 길에 울컥 눈물이 흐른다.

초파일

친구의 아버지는 스님이었다.

아랫동네에 살았던 친구는 초등학교 시절, 선생님의 가정방문 때 한사코 집 방문을 거절했다. 부모님 농삿일이 바쁘다, 부모님이 연로하셔서 아프다는 등의 핑계를 댔다.

어느 해 부처님 오신 날을 맞아 엄마가 절에 가자며 나를 이끈다.

초등학교 들어가기 전 큰 저수지인 태평못에 빨래를 하러 가는 엄마를 따라 나섰던 내가 장난을 치다가 못에 빠졌다. 동네 이웃 아주머니들이 나를 구하느라 난리를 쳤단다.

엄마는 못에 빠졌던 아들이 구사일생으로 살아 온 것을 부처님의 공덕이라고 입버릇처럼 얘기하셨다. 그래서 초파일만 되면 나를 절로 이끌었다.

아랫동네 절에서 친구를 만났다. 그는 엄마 손을 잡고 절문을

엄마의 절 천곡사

들어서는 나를 피했다. 자신의 집이 절이고, 아버지가 스님이란
것이 부끄러웠던 것 같다.

　세월이 흘러 스님인 친구의 아버지는 돌아가셨고, 절은 문을
닫았다.
　친구의 절집에 모셨던 부처님은 우리집과 멀리 떨어진 천곡
사에 모셨다고 한다.
　엄마는 그때부터 부처님이 이사한 천곡사를 다니셨다.

아버지가 장롱 서랍에서 5천원을 꺼내 엄마에게 건넨다.

엄마는 익숙한 듯 그 돈을 받아들고 단장을 한다.

나는 대문 앞에 차를 세우고 엄마를 기다린다.

엄마는 부처님 전에 5천원을 놓고 하염없이 절을 올린다.

다리가 아파서 먼 길 절 다니기가 힘든 엄마, 아들 차를 타고 초파일 절을 다녀온 이후 표정이 한결 밝으시다.

오색연등이 길가에 즐비한, 화창한 오늘은 초파일이다.

가마솥이 고물이라고?

엄마는 뙤약볕 아래에서 마당 한켠에 걸어 둔 아궁이에 불을 때느라 연신 땀을 흘린다.

땔감이래야 추수를 끝낸 볏짚이 전부였다.

마당 담벼락 옆에는 겨우 내내, 그리고 여름까지도 사용할 만큼의 볏짚이 산더미처럼 쌓였다.

그 볏짚으로 쇠죽을 끓이고, 아버지의 나무꾼 리어카가 쉬는 여름에는 볏짚으로 마당 아궁이에서 밥을 하는 일은 쉬운 일이 아니었다.

엄마는 아궁이에 걸린 검은색 무쇠 가마솥을 윤이 반짝반짝 나도록 닦았다.

아버지에게 이유 없는 꾸지람을 듣는 날이면 그 솥에 맹물을 가득 부어놓고 불을 땠다.

김이 모락모락 나는 가마솥을 닦으며 엄마의 고단함을 활활 타오르는 볏짚에 함께 불살랐다.

보물처럼 숨겨뒀던 백철솥

　　퇴근하는 아들에게 아버지가 자랑스럽게 만 원짜리 다섯 장
을 내민다.

　　"무슨 돈인데요?"

　　의아한 내 물음에,

　　"쓰지도 않는 가마솥을 고물상에 팔았다."

　　당당하게 말씀하시는 아버지,

　　"엄마가 그토록 아낀 솥을, 아직 멀쩡한 걸 왜 팔았습니까?"

　　아들은 짜증을 낸다.

시골 어르신들만 사는 동네에는 '고물 삽니다'를 확성기로 외치며 다니는 이동식 고물장수가 있다. 노인네들은 사용하지 않는다는 이유만으로 몇 푼의 돈을 주면 귀한 것, 소중한 것 따지지 않고 내다 팔았다.

그 솥이 어떤 경로로 우리 집에 왔는지는 알지 못한다.

다만, 엄마의 삶이 녹아 있는, 윤기가 반짝반짝 나는 그 가마솥은 아들에게만은 가보(家寶)였다.

아들은 그날 이후 아래채 앞에 걸어 둔 백철솥을 떼어서 창고 안에 숨겼다.

그것은 엄마의 훈장이다. 내가 물려받은 것이다.

한 겨울의 나무꾼

겨울 끝자락 추위가 맹위를 떨치고 있다.

기름 보일러를 3시간 예약으로 맞춰놓은 터라 시골집은 늘 한기가 가득했다.

어느 날 새벽, 추위가 방안까지 스며든 기운에 잠을 깼다.

거실로 나오자 아버지가 외투를 걸치고선 소파에 앉아 있다.

"보일러를 시간에 맞춰 놔서 온기가 있어야 하는데 왜 이리 춥노?"

아버지는 내가 자던 안방의 보일러를 점검하라고 하신다.

보일러 스위치에 빨간 불이 깜박인다. 뒤안에 있는 보일러 기계를 확인하자 기름통에 기름이 한방울도 없다.

"보일러 기름이 얼마 남지 않아서 배달을 시키려 했는데..."

아버지는 스스로를 책망하신다.

아침부터 기름차를 불렀지만 보일러는 여전히 먹통이다. 다시 수리기사를 부른다.

꽁꽁 얼은 리어카를 끌고 오른 아버지의 고향마을 뒷산

"기계가 오래돼서 갈아야 할 곳이 많네요. 일단 급한 것만 수
리하고 나중에는 보일러 전체를 교체해야 할 것 같네요."

수리기사의 말에 아버지는 고개만 끄덕이신다.

"기름값이 올라 한통 가득 넣으면 35만원이 넘는데 아껴야지." 라며.

설 때 남동생이 찜질방같이 보일러를 틀어놓은 얘기를 또 꺼
내신다. 추위를 많이 타는 남동생 가족이 오면 보일러가 늘 돌아

가서 냉기가 돌던 집안이 찜질방처럼 후끈했던 것이다.

　지금의 시골집은 아버지가 정착할 때만해도 초가집이었다. 아버지의 고향마을(포항시 흥해읍 덕성1리)에서 한 시간여 걸으면 도달하는 신작로가 있는 마을이었지만 당시에는 전기도 없었다. 호롱불로 밤을 밝혔고, 가을부터 초겨울 내내 당신의 고향마을을 오가며 손수레 가득히 땔감을 준비했다. 추수가 끝나면 짚으로 땔감을 사용했지만 이마저도 동이 나면 아버지의 리어카가 실어나른 산 폐목 땔감으로 겨울을 보냈다. 유독 추운 겨울 그 땔감마저 떨어지면 아버진 꽁꽁 얼어붙은 리어카를 끌고 고향마을 뒷산을 오갔다.
　아버지는 가족을 위해 한겨울에도 나무꾼이 되었다.

미투리

미투리에 얽힌 별리의 비통함을 노래한 시는 미당 서정주의 '귀촉도' 가 압권이다.

(중략)신이나 삼아 줄 걸 슬픈 사연의/올올이 아로새긴 육날 메투리/은장도 푸른 날로 이냥 베어서/ 부질없는 이 머리털 엮어 드릴 걸/(중략)

님이 떠나는 머나먼 저승길에 여인의 정절과 다름없는 머리카락을 선뜻 잘라 미투리를 삼아줄 걸 그랬다는 회한의 가락이 올올이 녹아 있다.

내셔널 지오그래픽에 미투리 사진이 '사랑의 머리카락 (Locks of Love)'이라는 제목으로 실렸다.

421년 전 경북 안동에 살던 이응태(1556~1586)가 죽자 부인인 '원이 엄마'가 저승길에 신고 가라며 자신의 머리카락과 삼으로 함께 만든 미투리를 무덤에 넣어준 것이다.

'꿈에 몰래 와서 모습을 보여주세요' 라는 수줍고 애달픈 편

흥해 장날

지와 함께….

　엄마는 흥해 장날이면 화장을 했다.
　엄마의 친정 이웃들도 장날에 오기 때문에 시집 가서 고생한
다는 말을 듣지 않기 위해 장날 옷차림에도 신경을 썼다.

　엄마가 장날 사야 할 품목을 아버지께 설명한다.
　아버진 소파 방석 아래에 넣어둔 지갑을 꺼내 3만원을 건넨다.

대문을 나서는 엄마에게 아들은 아버지 몰래 3만원을 드린다.저녁 무렵, 장에서 돌아오는 엄마의 파마머리를 보고 아버지가 나무란다.

"원래 꼬시매(곱슬머리)인데 돈 들여서 파마는 왜 하느냐!"

타박이 매섭다.

"아버지, 제가 엄마 파마 하라고 돈을 드렸어요."

아들의 말에 아버지는 금방 겸연쩍어 하시며 꼬리를 내린다.

"파마가 잘 나왔네!"라며.

"장날 참외 한 개 사 먹고 싶어도 그냥 지나쳤다."

병석에서의 엄마가 하신 말이 이제껏 사무친다.

49재

강원도 강릉시 한 사찰에서 인간의 욕심에 의해 희생된 동·식물의 영혼을 위로하는 '천도재(薦度齋)'가 열렸다.

과일과 채소를 비롯해 동물들의 먹이인 칡잎, 토끼풀, 짚, 옥수수와 과자 등이 제상에 차려졌고, 위패를 대신해 어린이들이 그린 동식물 그림들이 내걸렸다.

자신의 영혼을 판 한 청년의 외신도 주목을 받았다.

뉴질랜드의 한 20대 청년은 인터넷 경매 사이트를 통해 자신의 영혼을 '지옥'이라는 이름의 상호를 쓰고 있는 피자 체인점 '헬 피자'에 팔아넘겼다. 가격은 5천1달러.

그는 "영혼은 볼 수도, 느낄 수도, 만질 수도 없지만 팔 수는 있다는 생각을 해왔다"면서 자기 영혼의 상품 가치에 대해, "법에 정해진 음주 허용 연령을 넘기면서 망가진 데가 더러 있긴 하지만 전반적으로 상태가 아주 양호한 편"이라고 주장했다.

엄마 장지에서의 아버지

엄마 장례식을 치르고 49재를 하느냐를 놓고 4형제가 마주 앉았다. 엄마가 평소 절에 열심히 다녔고, 갑작스런 병환으로 졸지에 가신 원통함이 있기에 재를 올려야 한다는 여동생들의 주장을 맏이는 수긍할 수밖에 없었다.

"죽으면 그만이지, 쓸데없이 돈 쓴다"며 만류하던 아버지도 자식들의 결정을 따랐다.

주 단위로 올려지는 49재 내내, 여동생들은 또 통곡을 쏟아냈다.

장례식을 마치고 삼우제를 지내고, 이젠 엄마를 보내드렸다고 여겼던 맏아들에게 엄마는 고통스런 모습으로 밤마다 오셨다.

49재 막재 때 숨을 몰아쉬며 단 한차례 절문을 들어선 아버지는 "내 죽거든 49재는 입에도 올리지 말라"면서도 엄마의 영정사진에서 눈을 떼지 못하신다.

절을 나서 내려오는데, 산 그림자가 길고 깊다.

엄마의 해바라기

포항 선린병원 9층, '해바라기병동'이라고 불리는 이른바 호스피스 병동.

엄마의 병세는 하루가 다르게 악화했다.

어느 날 엄마는 휠체어에 태워달라며 병실 창문가를 찾는다.

알아듣지 못할 말을 몇 마디 하신다.

"하늘이 참 맑다. 바깥을 보니 맘이 시원하구나!"

병실 창가에 나란히 놓인 이름 모를 꽃들을 어루만지며 혼자 다짐을 하신다.

"이젠 병원 문 나서면 다시는 병원에 안 온다."

엄마는 봄이면 시골집 담장 옆에 나란히 줄을 지어 해바라기 씨앗을 심었다.

큰직한 씨앗은 가을 즈음 활짝 핀 해바라기 중에서 가장 튼튼한 놈을 골라 겨우내 보관한 것이다.

엄마 장례를 치르고.

    여름 내내 시골집 벽돌 담장 위에서는 노오란 해바라기꽃이
고개를 내밀며 오가는 골목길 이웃들에게 환한 미소를 선사했다.
    엄마의 택호가 '해바라기댁'으로 불리기도 했다.

    엄마 가신지 4년, 아들은 엄마가 계시던 그 병동 한층 아래에
서 환자복을 입고 누워 있다.
    엄마가 계시던 9층 병동 그 창문가를 찾는다.
    그때의 푸른 화초들이 여전히 싱싱하게 자라고 있다.
    사람 사는 것이 화초의 이파리보다 못한 것인가.
    우두커니 창가를 응시하자 해바라기꽃을 닮은 환한 미소의
엄마가 유리창에 비친다.
    환자복을 입은 초췌한 나의 얼굴을 보면서 아찔하게 정신이 든다.

아버지의 늙은 코트

시골집 개는 이름이 없다.

우리 식구 중 누구든 그에게 이름을 지어줄 생각을 못했다.

이제 다 큰, 다 늙은 개에게 새삼스레 이름을 지어준 들 그가 알아들을까?

겨울 문턱, 갑자기 날씨가 영하로 떨어졌다.

강풍으로 창고 슬레이트 지붕이 날아갈 듯, 밤 체감온도가 매섭다.

이름도 없는 녀석의 집은 마당 끝자락 대문 옆에 있다.

아버지가 벽돌을 얼기설기 쌓아서 사각형의 아파트 같은 집을 지어준지도 수년째.

겨울이면 바람도 막을 수 없다. 하지만 개는 숱한 해의 겨울을 잘도 살았다.

그런 개의 찬 겨울 초입의 풍경이 안스럽다. 내 맘이 허해서일까?

"아버지 이 옷 안 입지요?"

"밖에도 못 나가는데 니가 입을라면 입어라."

그리고선 못내 아쉬운 표정으로 말을 잇는다.

"그 옷, 네 동생이 사준 건데 돈 많이 줬단다. 고급옷이라는데..."

10년도 더 된 옷의 상표를 살펴보니 일명 메이커다. 코트 같은 스타일이다. 목도리 털도 있는 귀한 디자인이다.

옷의 용도에 대해 아버지께 설명을 드리자 고개를 끄덕이신다. 내심 아깝고 귀한 옷이란 표정과 함께.

아버지가 손가락 수만큼도 안 입고 모셔뒀을 그 옷을 들고 추위에 떨고 있는 늙은 개에게 간다.

그의 벽돌집에 옷을 접어서 넣어준다.

이놈이 난리를 친다. 마치 자신의 집에 침범한 괴물이라도 본 듯 컹컹거리며 짖고 줄행랑을 친다.

도망치는 그놈을 붙잡고 아버지의 옷을 그의 집에 밀어 넣지만 허사다.

"애가 집엘 안들어 가네요."

"적응되면 들어가겠지, 낯선 게 있으니 경계를 하는 거다."

그리고는 지긋한 표정으로 말을 잇는다.

"털 있는 짐승은 어지간이 추워도 얼어죽지 않는다."

포항 강진, 차 소리도 공포가 됐다

2017년 11월 15일 오후, 포항에서 규모 5.4의 강진.

7층 사무실에 있던 나는 건물이 흔들리면서 책장이 넘어지는 등 아수라장이 연출되자 슬리퍼를 신은 채 계단으로 건물을 빠져나간다.

1층에서 직원들이 불안에 떨고 있을 무렵, 시골집에 혼자 계시는 아버지가 걱정이다.

곧바로 차를 몰아 집에 도착하자 걱정과는 달리 아버진 거실 소파에 앉아 혀를 끌끌 차신다.

"이놈의 세상이 별일이 다 있네!"

집안은 아수라장이다.

찬장 그릇과 유리컵이 바닥에 떨어져 있지만 다행히 깨지진 않았다.

아버지의 방문은 벌써 틈이 벌어져 열리지도 닫히지도 않는다. 시내 곳곳의 피해상황이 보도되는 텔레비전을 응시하던 아

포항지진 당시의 시가지 모습

버지는 놀라시긴 했지만 애써 태연한 모습이다.

"내 평생 이런 지진은 처음이다. 민심이 흉흉하니 하늘이 노했다!"

떨어진 가재도구를 치우고 텔레비전에 눈을 떼지 못하고 있던 아들에게 걱정 말고 회사에 가라고 하신다.

"집 무너져도 살고 죽는 것은 하늘의 뜻이다." 라며.

30여 분이 지나면서 귀사를 서두려던 때에 '꽈광'하는 굉음과 함께 또 한번 집이 심하게 흔들렸다.

무의식적으로 아버지를 이끌고 마당으로 탈출한다.

아들의 부축을 받으며 마당에 서 있는 아버지의 몸이 심하게 떨리고 있다.

아들이 곁에 있어도 이토록 공포감을 느끼는 아버지가 강진 발생 당시 혼자서 그 큰 충격을 어떻게 감당하셨을까, 죄송한 맘만 든다.

그날 이후 포항, 특히 시골집이 있는 흥해에선 하루에도 몇 차례씩 여진이 발생했으며, 집이 조금만 흔들려도 두 남자는 잠을 설치기 일쑤였다. 아버지의 백살도 넘은 시골집은 7번 국도가 확장하면서 길갓집이 됐다.

도로를 오가는 트럭의 소음도 그날 이후부터는 공포가 됐다.

남은 자의 이별 배웅

설을 한 달여 앞두고 날씨가 매섭다.

"아재요, 포항 할배 돌아가셨더. 포항의료원에 계신대요."

큰집 조카의 전화다.

아버지의 집안동생이 세상을 떴다.

"아버지, 춘길 아재가 돌아가셨다는데요. 제가 다녀올게요."

저녁에 장례식장에 갔다. 사촌형님 형수님들이 이른 아침부터 와 계셨다. 문상만 하고 또다른 아재의 술 취한 말씀을 듣다가 귀가했다.

"병원에 누가 왔더노?"라며 아버지가 궁금해 하신다.

혼자서 장례식장의 그림을 그리시는 것 같다.

상주 2명, 덩그러니 놓인 영정 사진. 그리고 내겐 사촌간인 아버지의 조카들이 앉아 있는 그림일 것이다.

돌이켜 본다.

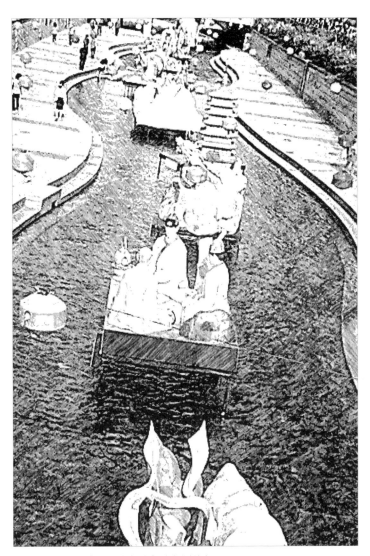

'회자정리' 라지만 남은 자의 이별연습은 버겁기만하다.

아버지는 설 명절이 지나고 3일 정도가 지나면 포항의 할배 집에 나를 데려갔다.

포항 할배는 제법 큰 운수업을 하셨다. 중절모를 쓰고 지팡이를 짚고 아버지의 고향인 덕실마을에 오실 때면 출세하신 분으로 알려져 있었다. 그 할배는 우리 문중의 주손이셨다. 춘길 아재는 그 할배의 맏이다. 유난히 술을 좋아하셨던 아재.

출근 후 시간을 내서 장지를 간다.

포크레인이 터를 파고 잔디를 덮고 두 시간여도 안 되어 장례는 마무리됐다.

퇴근 후 바로 귀가한다. 장례를 잘 치뤘는지 궁금해하실 아버지는 온통 날씨 걱정이다.

휴대폰으로 찍은 장지 사진을 아버지께 보여드린다.

장지에 마련된 춘길 아재의 밝은 얼굴 사진과 붉은 천이 덮힌 관과 무덤.

아버진 유심히 보시더니 한마디 하신다.

"욕봤다!"

논바닥이 말랐는데

오른손에 지팡이를 짚고 왼손으론 뒷짐을 진 채 들판으로 나서는 아버지를 멀찌감치 뒤에서 따라 간다.

모내기를 한지 한 달여 밖에 안 된 들판에는 초록 물결이 바람에 나부끼며 건강한 봄을 자랑하는 듯하다.

팔순을 넘긴 아버지는 거친 숨을 몰아쉬면서도 당신의 젊음, 한평생 그 수고를 묻었던 '아버지의 논'을 향해 걷는다.

모래가 많은 논이라고 해서 '사답'이라고 불렸던 우리 논은 물이 잘 빠지긴 했지만 벼농사 토양으로는 그리 좋은 토질이 아니었다.

가뭄이 극심할 무렵, 태평못 수로를 여는 날이면 동네 사람들은 서로 자기 논에 물을 먼저 대려고 삿대질을 하는 흉한 모습도 더러 보였다. 저수지 수문을 여는 때를 놓치면 한해 농사를 망칠 수밖에 없는 터라, 수로 관리인은 벼슬아치 노릇을 톡톡히 했다.

아버지는 기력이 있는 날엔 지팡이를 짚고 논을 찾았다.

사답인 우리 논은 그러나 금쪽같은 물을 댄지 며칠 지나지 않아 바닥을 드러내기 일쑤였다.

"논바닥이 바짝 말랐는데 농사를 짓자는 건지 말자는 건지!"

아버지는 혀를 차신다. 그리고는 일손이 없다며 한사코 논 부치기를 거절했던 아랫마을 그 분께 전화를 내라고 호통을 치신다.

그랬던 아버지가 지금은 거실 소파에 앉아 농사걱정을 한다.

창밖을 응시하며 속을 끓이고 계신다.

"논에도 가 봐야 하는데 숨이 가빠서 한 걸음도 못 걸으니...."

먹는 것이 문제로다

폭염이 기승을 부린다.

퇴근길에 북부시장에서 참가자미 회를 산다.

복날을 두 번 넘기면서도 아버지가 드실만한 보양식을 사 간 적이 없다.

그나마 회는 잘 드시길래 아버지 저녁 식사시간(6시) 이전에 도착하려고 퇴근을 서둘렀다.

또 물으신다.

"뭐고?"

"회 샀습니다."

"안 묵는다. 그런 것 왜 자꾸 사오노?"

참고 또 참는다. 그러나 오래 가진 못한다. 불쑥 한마디 내뱉는다.

"저도 안 묵을랍니다. 삶아서 개나 줍시다!"

나도 모르게 하지 말아야 할 말을 내뱉었다. 회 봉지를 냉장고에 던지듯이 넣는다. 식사를 하시든지 말든지 방문을 닫고 9시(아버지 취침시간)까지 두문불출했다.

작년 여름 때도 같은 상황이었다.

퇴근길 삼계탕을 포장해서 귀가했다.

"그거 뭐고?"

"삼계탕이요"

"뼈가 많은데 그런 것 와 사왔노?"

"오늘이 초복이라서요"

그리곤 한 그릇을 다 비우신다. 하지만 잔소리는 여전하다.

"잔뼈가 왜 이리 많노. 앞으론 이런 것 사오지 마라!"

그때 다짐을 했다. 앞으론 어떤 음식이든 집에 사들고 가지 않는다고.

된장찌개를 하나 끓이려고 해도 아버진 거실 소파에 앉아 감독한다.

된장을 많이 넣는다느니, 양파를 넣어서는 안 된다느니 등등.

이가 없어 고기를 못 드시니 단백질이 부족할까 계란 프라이도 아침마다 내놓는다.

"계란 안 먹는다. 앞으로 사오지 말라"

그렇게 마음에도 없는 말을 하신다. 속으로 이렇게 말했다.

'다 안 먹는다 하시면 죽습니다.'

불현듯 엄마 생각이 난다.

"너거 아부지 성질 맞추려면 속병 난다. 짜다 싱겁다. 설거지도 소리 난다고 야단치시니…"

엄마는 병상에서 아버지 흉을 많이 보았다. 흉이 아니라 분노처럼 보였다.

엄마 임종 때 아들은 엉엉 울었다.

"엄마, 아버지도 미안하다고 하시더라!"

다음날 아침 부자가 아침상을 마주했다.

어제 저녁에 냉장고에 넣어 둔 가자미회를 반찬 삼아서. 아버지는 아침인데도 회 한 그릇을 다 비웠다.

숙성의 힘이라고 나는 생각했다. 화도, 회도.

마당 텃밭에서 키운 과일과 채소

아들아, 사고 치지 마라

일요일 점심시간이 좀 지나서 아들에게 전화가 왔다.

카톡으로 통신하는 부자 사이에 전화라니 하며 반가운 마음에 전화를 받으니 긴장된 목소리다.

"아빠, 어제 친구들이랑 노래방에서 놀다가 리모컨이 안 돼 던졌는데 그만 노래방 화면이 깨졌어. 그 집 사장한테 계속 전화 오는데 어떻게 해야 할 지 몰라서…"

미안한 지 말끝을 흐린다.

아들의 한마디에 상황이 파악된다.

"그 사장 전번 메시지로 보내줘."

그렇게 전화를 끊었다.

그 사장과 긴 통화를 하고 변상금 조로 73만원을 즉시 송금했다.

가게 사장이 재물손괴 등으로 고소를 할 경우 아들과 그 친구들은 줄줄이 경찰조사를 받아야 할 것이다. 파손된 기계값, 손님을 받지 못한 영업손실금까지 포함해서 이른바 덤터기를 씌운다면 어쩔 것인가.

다시 아들에게 전화를 한다.

"폭염에 알바하고 계절학기 든다고 대견하게 여겼는데. 어린애도 아니고 이게 무슨 짓이냐?"

딱 5초만 나무랐다. 군대 제대하고 3학년에 복학중인 24살의 청춘이 그 정도면 알아들을 것이고, 청춘들이 그럴 수도 있다는 생각에서였다.

장황하게 훈계해봐야 앞으론 유사한 일이 있더라도 아빠에게 알리지 않아 더 큰 사단이 날 수도 있을 테고.

퇴근 길에 마음이 울적했다.

내 살아 온 지난 행적이 파노라마처럼 스친다.

'욱' 하는 성질을 못 참고 얼마나 많은 일을 그르쳤나. 그 피를 이어받은 원죄일 게다.

흥해시장에서 돼지고기 1만 원 어치를 산다.

별 먹을 것이 없던 출근길 냉장고를 떠올리며 김치찌개라도 끓여야겠다는 생각에서다.

"그건 뭐고?"

"돼지고기요!"

아버지와의 단답형 대화를 하고 고기를 꺼내 찌개를 끓이려는데 아버지의 짜증 내시는 소리가 들려온다.

"여름에 돼지고기는 금방 상하는데 찌개는 무슨….."

고깃덩이를 다시 말아서 냉동실에 넣고는 말없이 집을 나왔다.

동네 돼지국밥집에서 홀로 소주를 들이키며 나를 다잡는다.

"이놈의 성질머리를 고쳐야 하는데!"

1시간여가 지나서 귀가하자 득달같이 질문을 하신다.

"밥도 안 먹고 어디 갔더노?"

"친구가 급히 찾아와서 밥 먹고 왔어요."

그리곤 아들에게 카톡을 한다.

"아들, 근신하고 있나?"

"넵.."

"벌칙으로 집안 청소해"

"콜"

"아빠 머해?"

"맘이 울적해서 나도 청소 중!"

노란 주전자

찜통더위가 기승을 부리던 어느 날 퇴근하자 식탁 위에 노란 액체가 담긴 물병이 줄을 서 있다.

노란 주전자 안에는 외국 여행 때 가져왔던 상황버섯 몇 조각이 남아 있다.

두 남자만 사는 집이지만 주전자 가득 식수를 끓여도 2~3일을 못 넘긴다.

집안에서만 생활할 수밖에 없는 아버지로서는 먹는 물을 끓이는 일도 소일거리다.

물병의 물은 하룻밤을 식혀서 다음날 냉장고에 줄을 서듯 입장한다.

"가스불에 물 끓이면 가스비가 더 나옵니다. 정수기를 삽시다."

나의 제안을 아버지는 일언지하에 거절을 하신다.

"옛날엔 우물물도 그대로 먹었는데, 수돗물 끓여먹으면 되지 돈 들여서 정수기는 무슨…"

마을 공동우물 터의 고인돌

고향마을에는 우물이 세 개가 있었다.유년시절 당시만 해도 40여 가구가 살고 있던 마을엔 큰 기와집이 두 곳 있었다.

그 집안 마당 한켠에는 그들만의 우물이 있었다.

단연 부의 상징이었다.

반면, 마을 어귀에는 주민들이 함께 사용했던 공동우물 한 개가 있었다.

한 여름, 논밭일로 땀을 쏟고 오신 아버지는 내게 10여분 거리에 있는 기와집 우물물을 한 주전자 길어오라고 하셨다.

그 집의 우물물은 한여름에도 얼음처럼 차가웠다.

아버지는 그 물에 간장을 가득 풀어서는 단숨에 들이키셨다.

많은 땀을 흘려 부족했던 나트륨을 그렇게 보충하신 것 같다.

40여 년의 세월이 흐른 지금, 공동우물은 물론, 기와집 우물도 모두 폐쇄됐다.비록 시골이지만 마을에 공동우물이 필요할 리 만무하고 부를 자랑하던 기와집 식구들도 어디론가 떠나고 폐가만 남아 있다.

어느 날, 끓인 물을 드신 아버지가 심한 설사를 했다.

상황버섯물은 꾸준히 드셔서 적응이 됐지만 면역력을 높인다는 등 효과가 방송을 타고 인기를 누리던 인도네시아 무슨 차 잎을 넣고 끓인 물이 문제가 됐다.

더구나 노란 주전자 가득 한번 끓인 물을 비록 냉장고에 넣고 먹는다고 해도 일주일이 지나면 상하기가 십상이다.

찬장을 뒤지며 상황버섯이며, 문제의 차 잎이며 모조리 쓰레기통에 버리는 아들에게 아버지가 불쑥 한마디를 던진다.

"너거 엄마 암에는 상황버섯이 좋다고 했는데, 그땐 버섯 구하기도 힘들어 한번 끓여주지도 못했는데..."

아버지의 긴 한숨소리가 보랏빛에 가깝다.

닭장을 지켜라

종일 땡볕 아래서 닭장에 철망을 감는 아들을 아버지가 거실 창문을 통해 물끄러미 본다.

며칠 전 갓 들여온 청계 병아리를 늙은 개가 물어 죽이는 끔찍한 사고가 있은 후 기존 철망으로 만들어진 닭장에 더 촘촘하게 철망을 두른다. 개는 물론, 고양이, 들쥐도 들어갈 틈이 없다. 이대로 강물에 던져놓으면 물고기도 빠져나가지 못할 정도다.

"닭장은 얼마 주고 샀노? 철망도 비쌀 텐데..."

아버지는 아들이 하는 일이 못마땅한 표정이다.

"이 닭은 파란 알을 낳는대요. 고혈압과 당뇨에도 좋고 단백질이 일반 달걀보다 엄청 많다고 하네요."

아들의 말에 아버진 별다른 말씀이 없다. 그놈의 청계란 먹으려고 돈 들여 닭장을 사서 고생하는 아들이 못마땅한 것이다.

동해면 산골짝에 있는 농장을 직접 찾아가 4주 된 청계 세 마리를 다시 사 왔다. 늙은 개가 물어 죽인 세 마리가 없자 한 마리가 영 적응을 못하는 것 같았다. 파란 계란을 기다리며 모이를 주자 아버지의 잔소리가 귓가를 때린다.

"이젠 닭도 사료를 먹이는구나!"

나락포대를 보며

장마가 시작될 즈음 아버지가 창고에 쌓인 나락 포대를 보며 걱정이 태산이다.초가집 시절, 동네 먼 친척 목수가 한 달이나 걸려 지은 파란 슬레이트 지붕의 창고도 나이를 먹어 40여 년이 됐다. 파란색도 늙어 반짝이던 지붕이 허옇게 주름을 주렁주렁 달고 있다.

"장마가 시작됐는데 나락이 다 썩겠구나. 보릿고개 때는 보리밥 먹는 것도 힘들었는데 요샌 쌀이 남아도니 내다 팔수도 묵힐 수도 없고…"

아버지는 안타깝다는 듯 혀를 차신다.아버지의 걱정스런 모습이 한주 내내 아른거렸다.

"야야, 내다 팔 나락이 얼마 안 된다고 직접 가져오라는데 무슨 재주가 있어야지. 옛날 같으면 웃돈을 줘도 구할 수 없는 게 이맘때의 쌀인데…"아버지는 몇 포대 남지 않은 나락을 정미소

나락이 익어가는 아버지의 논

에 내다팔기 위해 궁리를 했지만 정미소에서는 돈 안 되는 나락 물량이 넘쳐나니 집까지 와서 싣고 갈만한 일손이 없다고 하니 속이 까맣게 탄다.

동네에 유일무이한 고방(정비소)을 찾았다. 그곳에는 대학 나온 형은 객지에 나가고 혼자서 대를 이어 정미소를 지키는 후배가 있다. 추수철도 아닌데 나락 포대가 가득 쌓여 있고 경운기가 줄을 섰다. 옛 어른들은 추수철 나락을 처분하지 않고 식량이 귀한 이맘때 팔았다.

"형님, 일손이 달려 직접 갈 수가 없네요".
"그럼 트럭이라도 내어 줄래, 내가 직접 나락을 싣고 오마."
"그러세요. 죄송합니다."

후배는 머리를 긁적인다. 40여 포대를 1t 트럭에 싣느라 식은 땀을 흘렸다.

지난 가을 아버지가 거뜬하게 쌓아둔 나락 포대를 이 여름에 혼자서 다시 내다 판다고 아들이 진을 뺀다.

아버지는 아들의 서툰 일하는 품새가 못마땅한 듯 잔소리를 늘어놓는다.

정미소에 넘긴 나락 한 포대의 가격은 작년에 비해 1만원이나 떨어졌다. 한 포대씩 옛날씩 저울에 달며 주판을 튕기며 후배가 보여준 총 가격은 140여만 원. 아버지께 그 영수증을 보여드리자 금방 울상이다.

"우야노, 나락금이 똥금인데..."

"나락을 보관할 창고도 없었던 그 옛날 이맘 때 엄마는 쌀독이 바닥을 드러냈다고 아버지께 조심스레 말을 건네자 '부엌 살림도 형편 봐 가면서 살아야 하는데' 하시며 역정을 내셨다.

그 귀한 쌀값이 지금은 '똥금'이지만 아버지는 몇 마지기 논으로 자식 넷을 키워냈다.

꿈자리가 사납구나

───────────────────────────────

아버지 전화를 받으면 가슴이 철렁한다. 몸이 아팠던 엄마가 아들에게 증세를 설명하려고 전화를 해도 아버지는 직장 바쁜 애한테 쓸 데 없이 전화 한다고 혼쭐을 내셨다.

그런 아버지의 전화를 받는다.

"개 사료가 떨어졌다. 흥해 철물점(철물점에 가축 사료도 판매)에 가서 빨간 사료 한 포대 사 오너라"

그리고 덧붙이신다.

"꿈자리가 사나운데 조심해라."

엄마가 몸이 아파 아들에게 하소연하던 전화조차 화를 내셨던 분이 개 사료가 떨어졌다는 이유만으로 아들에게 전화를 하는 아버지는 단연코 아니었다.

개 사료를 사들고 귀가하자 이렇게 말씀하신다.

"사료 한 포대면 한 달을 먹였는데 요샌 한 포대로는 안 되겠구나."

엄마 장례때의 필자

그러시면서 사료 량을 줄여 먹이라고 하신다.

말씀이 이어진다.

"잠깐 잠결에 너희 엄마가 집안에 들어와서 나를 데리고 가려고 하길래 쫓아냈다. 무슨 놈의 꿈자리가 이리 사나운지!"

끌끌 혀를 차시며 돌아서신다.

꿈 이야기 자초지종을 듣고서는 내가 말했다.

"엄마가 영감 보고 싶어 오신 거겠지요. 화만 내지 말고 좀 잘해주지 그랬어요."

내 말에 아버지는 벌컥 역정을 내신다.

"죽은 귀신이 산 사람 집에는 왜 기웃대느냐!"

그리움의 애정은 아무리 구겨 넣어도 드러나는 법이다. 아버지처럼 말이다.

페친이 보내준 거위알

봉화에 사는 '염소엄마'가 거위알과 염소 중탕을 보내줬다.

60이 넘은 그녀를 난 한번도 대면한 적이 없다. 서울에서 봉화로 귀농한 분이란 걸 페이스북을 통해 알고 있을 뿐이다. 염소 수백 마리와 각종 농산물을 키우며 홀로 산다는 정도만 안다.

페북에 아버지 투병 사진을 올리면서 그녀도 내 사정을 아는 듯 하다.

페북 댓글에 이런 글이 달렸었다.

"할아버지 못 드시는데 거위알 드시면 기력 회복하실 겁니다. 염소 중탕은 대표님 드시고 힘내세요!"

먼 길 봉화에서 택배로 온 박스에는 염소중탕 봉지 아래 거위알이 깨진 액체상태로 왔다. 살아남은 거위알은 두 개 뿐. 그래도 '염소엄마'의 마음이 너무 고맙다.

박스에 흥건히 흘러나온 거위알에 물을 조금 넣어 계란찜처럼 요리를 했다.

페친이 아버지 기력을 걱정하며 보내준 거위알

아버지의 아침 미음 밥상에 그것을 올려드린다.

"이건 뭐고? 계란찜 안 먹는다는데 왜 또..."

짜증을 내신다. 나도 짜증이 난다. 상황을 설명할 길이 도무지 없다.

대략 난감이다.

2부
———

버리고 기다리는 봄

아버지의 5만 원

내과 검사를 받으러 옷을 주섬주섬 입고 있는 아들의 방문을 열고 아버지가 5만 원짜리 두 장을 방바닥에 던지신다.

"뭐 사 오라고요?"

내가 물었다.

"검사비로 쓰고 검사 잘 받고 오라고."

뒤도 돌아보지 않고 아버지는 방문을 닫는다.

어제 밤, 늙은 아비와 단 둘이 살고 있는 아들은 대장내시경을 위한 장 세척약을 아버지께 보여드렸다.

저녁밥을 챙겨드리는 아들을 보며 안쓰러운 표정이시다.

"그럼 저녁밥도 못 묵는 기가?"

퇴근 때마다 밥 먹었냐고 물으시는 아버지로선 아들이 검사 때문에 끼니를 굶어야 하는 것이 안타까운 모양이었다.

밤새 장을 비우며 화장실을 쫓아다녔다.

아버지가 즐겨 찾았던 북천숲

전립선 비대증이 심한 아버지와 아들이 시골 집안 하나뿐인 화장실을 교대로 이용한 셈이다.

"검사 잘 받고 올게요"

아버지에게 인사를 하고 홀로 집을 나선다.

병원 도착하자 간호사들은 보호자는 왔느냐며 다그친다.

우여곡절 끝에 검사를 마치고 수면마취가 깨어날 무렵 돌아가신 엄마가 꿈인 듯 생시인 듯 회복실의 아들을 지켜보고 계셨다.

의사는 말했다.

"별 이상은 없는 것 같습니다. 관리 잘 하세요."

퉁명스럽게 자기 할 말을 던지고는 사라진다.

만 하루를 굶은 채 속을 다 비워낸 탓일까. 아니면 살아야 한다는 생존본능일까.

홀로 병원 근처 식당에서 간만에 끼니를 챙기며 엄마 생각을 한다.

엄마는 병원검사 한번 제대로 못 받은 채 어처구니없이 그해 가을 추석을 쇠고 가셨다.

"종일 걱정이 돼서 밥 한술 못 떴다. 전화라도 해 주지!"

퇴근하는 아들에게 아버지는 안도가 깃든 짜증을 내신다.

사라진 은수저

"땅을 파면 10원이라도 나오나요?"

한 아주머니가 소주 맥주 등 공병을 가득 담은 포대를 들고 수퍼에 나타났다.

그리곤 횡재라도 한 듯 기뻐한다.

얼마냐고 묻자 '하하' 웃으며 980원이라며 동전을 보여준다.

어릴 적 빈 병은 참 귀했다.

엿장수가 가위소리를 내며 동네를 한 바퀴 돌면 집안 구석구석 빈병을 찾아 나섰다.

여유가 있는 집이라면 소주니 맥주니 사이다니 사 먹을 형편이 됐지만 우리 집은 그럴 처지가 못 됐다.

아이스케키 장수가 왔다.

삼복더위에 시원한 얼음과자가 먹고 싶은 건 당연지사.

다만 부엌에 들기름을 담아 둔 사 홉들이 소주병이 있었다.

플라스틱 바가지에 들기름을 부었다.

내용물이 없어진 소주병은 들기름 찌꺼기 흔적이 여전했다.

"아저씨, 사 홉들이 병인데요"

아저씨는 아이스케키 하나를 건네줬다.

행복했다. 얼음과자를 쪽쪽 빨아먹으며.

그날 저녁, 들판에서 돌아오신 아버지는 아들을 무릎 꿇리고 혼을 냈다.

"니가 철이 있는 거냐, 없는 거냐…"

퇴근 후 아버지 밥상을 차리는데 반짝이는 수저가 없어졌다.

부모님 생신 때 두 쌍을 선물로 드린 것이다.

"아버지, 은수저 어디 두셨어요?"

"은수저 산다고 고물상이 왔길래 두벌에 6만원 주고 팔았다"

아들은 흔쾌히 대답한다.

"잘 하셨어요!"

목욕 갑시다

전날 저녁 모임에서 과음을 한 것 같다. 대리운전을 불렀는데 집까지 어떻게 왔는지도 기억이 나지 않는다.

아픈 속을 부여잡고 창가 담 너머에 차가 있는지 확인한다. 담 옆에 차가 얌전하게 주차돼 있는 것을 확인하고는 안도한다.

나이 드신 만큼 귀가 어두운 아버지는 새벽부터 텔레비전을 소리 높여 켜놓고 누워 계신다.

아들의 전날 과음 탓에 아버지만 단촐한 아침식사를 하신다.

"아버지 목욕 가야죠?"

내 물음에 고개를 흔드신다. 매 주말마다 아버지는 목욕 가시는 것을 좋아하셨다. 오늘은 몸이 안 좋다고 하신다.

실상은 과음한 아들이 목욕탕에 가서 땀이라도 빼면 좀 나아질까 하는 마음에서 다시 아버지를 조른다. 은근하게 같이 갈 것을 권한다.

"때밀이 아저씨가 알아서 해주니 목욕 갑시다요!"

마지못해 옷을 주섬주섬 챙겨 입으시는 아버지의 걸음에 힘이 없다.

그런데 이게 웬일인가?

당연히 양복 주머니에 있어야 할 차 열쇠가 없다.

방이며 거실이며 곳곳을 뒤져도 열쇠는 보이지 않는다.

담 옆에 얌전히 주차해 있는 차에 가니 차 문은 굳게 잠겨 있다.

낭패다. 아버진 목욕 준비를 마치고 거실 소파에 앉아서 기다리신다.

택시를 불렀다. 5분도 안 되어 대문 앞에 택시가 왔다.

"차 놔두고 택시는 왜 불렀노?"

"어제 모임에서 술을 좀 마셔서 운전하기가 그래서 그럽니다. 택시 타고 갑시다!"

"술 그만큼 마셨으면 이젠 안 마실 때도 안 됐나?"

택시 속에서 내내 여전히 나무라신다.

차 열쇠는 그 이후로도 찾지 못했다.

고등어 반찬

죽도시장에서 부산고등어를 샀다. 10마리 1만원.

즉석에서 구이용으로 장만을 해주고, 소금까지 뿌려주니 집에서 한 마리씩 구워먹기가 안성맞춤이다.

아버지는 저녁식사를 준비하는 아들을 힐끔힐끔 쳐다만 볼뿐 기력이 없는 듯 하다.

밥 한 공기, 김치 한 종발, 김, 된장찌개, 소고기국, 그리고 고등어 한 마리를 구워서 식탁에 올린다.

마지못해 식탁에 앉은 아버지는 혼잣말처럼 중얼거리신다.

"요새, 입맛이 아예 없구나. 안 먹고도 살 수 있는 방법이 없는가?"

고등어 뼈를 발라내고 살점을 먹기 좋게 갈라서 아버지 밥그릇 앞으로 내밀자 아버진 밥 대신 고등어 한 마리를 다 드신다.

"고등어 간이 잘 됐네. 굽기도 잘 구웠구나."

하얗게 웃으시며 모처럼 칭찬을 하신다.

엄마와 손주들

칭찬이 문제가 아니라 고등어 한 마리를 다 드시는 모습에 안도감과 즐거움이 겹친다.

고등어 한 마리씩을 비닐에 넣어 냉동실에 넣는 나를 쳐다보시던 아버지가 말씀하셨다.

"너거 엄마가 고등어를 참 좋아했는데..."

밥 잘 드시고 엄마 얘기를 하니 내 마음이 울컥한다.

어느 날 금요일, 회사에 다니는 아들이 내게 저녁 약속이 있는지를 묻는다.

내가 약속이 있고 없고를 떠나 아들이 주말에 마땅히 갈 곳이 없는 듯 하다.

두 남자가 '곤지곤지'라는 식당에서 만난다. 돌솥밥에 고등어 한 마리를 추가로 시켰다.

4천 원 하는 큼지막한 고등어 한 마리가 맛있게 구워져 나왔다. 내가 아버지께 했던 것처럼, 뼈를 발라내고 살점을 떼어서 아들 앞에 놓는다. 아들은 큰 고등어 한 마리를 다 먹는다.

"오늘 마땅히 약속이 없으면 아빠가 같이 놀아줄까?"

정중한 나의 부탁에 아들은 한마디로 일축을 한다.

"친구 불러내서 놀게!"

돌아서는 아들 모습이 내내 아른거린다.

급성 폐렴이라

음력 대보름 저녁 무렵, 퇴근 후 보름달을 보며 심신의 건강을 다짐해야겠다는 생각에 나름 들뜬다.

하지만 퇴근 시간이 다가올 무렵, 호흡곤란 증세가 온다.

숨을 들이쉬면 우측 가슴 갈비뼈가 부러진 듯 아프다.

몸살 기운도 전신에 퍼진다.

간신히 차를 몰고 회사 인근의 병원 응급실로 간다.

오죽했으면 응급실로 갔을까.

엑스레이 찍고 피검사 하고, 진통제 맞고, 1시간여가 지나자 CT도 찍자고 한다.

종합병원 응급실에 가면 당연히 하는 검사겠지 한다.

젊은 여성 레지던트인가 오더니 대상포진인 것 같다고 한다.

온몸 신경을 타고 통증이 퍼져나간다고 증세까지 설명한다.

그리고 잠복기가 1주일이니까 곧 온몸에 반점이 돋을 거라고 설명한다.

"아이구, 죽었구나, 대상포진 통증이 보통이 아니라고 들었는데..."

겨울 초입, 예방접종을 하라고 했던 지인의 조언이 생각나면서 후회를 한다.

그런데 CT결과가 나오자 상황이 달라졌다.

젊은 여의사는 온데 간데 없고 남자 의사 2명이 와서 급성 폐렴, 늑막염일 것 같다고 진단한다. 염증수치가 높고 늑막에 물이 차 있으니 입원하란다.

일반병실이 없다는 이유로 1인실(16만원)에 하루를 지내고 3인실로 옮겼다. 그리곤 5일째 항생제 치료를 받는다.

그 와중에 환자복을 입은 채로 도둑 담배를 피러 다닌다. 담배와 폐는 상극인데도.

입원실 808호.

엄마 생각이 난다.

서울대 분당병원에서 응급조치를 하고 추석을 집에서 보낸 후 엄마는 이 병원 9층 호스피스 병동에서 일주일 여를 계시다가 하늘나라로 가셨다.

하필이면 엄마가 가신 그 병원, 한층 아래에서 아들이 환자복을 입고 누워 있다.

병문안이 싫어서 일체 연락을 하지 않는다.

단, 집에 들어갈 수 없는 상황이라 아버지께 자초지종을 전한다. 노부의 근심어린 표정이 눈에 선하다.

오빠 없는 시골집에서 아버지 식사를 챙기는 막내 여동생이 홀로 계신 아버지께 묻는다.

"오빠 없으니 쓸쓸하시죠?"

아무 말씀도 않던 아버지는 툭 한마디 던지신다.

"지 애비 폐 나쁜 줄 알면서도 여태 담배를 피우노…"

아궁이에 닭백숙 하던 날

화창한 가을날 주말, 마당 한켠에 백철 솥을 걸 수 있는 아궁이를 만든다.

50년도 더 된 흙벽돌로 아버지가 만든 아궁이는 사용하지도 않을뿐더러 세월이 오랜 탓에 허물어졌다.

담장 보수 차 시멘트 벽돌이 집안 곳곳에 보관돼 있던 터라 벽돌 몇 개를 집을 짓듯 맞춰 올리니 그럴싸한 아궁이가 완성됐다.

낡은 백철 솥을 위에 올리자 안성맞춤으로 아궁이가 완성됐다.

솥 가득 물을 붓고 불을 지피자 연기가 마당에 자욱하다. 아차, 연기를 내보내는 굴뚝을 만들지 않아서다.

거실 앞 의자에 앉아 물끄러미 이를 쳐다보시던 아버지가 지팡이로 창문을 두드린다.

무어라 큰 소리로 말씀을 하신 듯 한데 창문이 가로막혀 있으니 용을 쓰며 아궁이를 만들고 있던 아들이 들을 리 만무하다.

매캐한 연기에 눈을 훔치며 거실 창문을 열자 큰 소리로 역정을 내신다.

"굴뚝도 없이 아궁이를 만들면 연기는 어디로 가노!"

아버지가 지팡이를 짚고 나오신다.

아버지의 지팡이로 이리저리 작업 지시를 받아 1시간여 만에 굴뚝을 완성했다.

아들은 기계치라고 불릴 만큼 무엇을 만들거나 조작하는 일에는 젬병이다.

하지만 아버지는 어떤 물건이든 요리조리 살펴보고서는 금방 원하는 대로의 연장을 만들어내셨다.

아궁이를 만든 것은 요즘 식욕이 없는 아버지께 닭백숙을 삶아드리고 싶어서였다.

닭고기를 넣고 찹쌀 한줌과 대추와 마늘, 집안에 키우는 엄나무를 넣고 2시간 이상 불을 땠다.

맛있는 냄새가 동네를 한 바퀴 돌아오는 듯 할 무렵, 솥 뚜껑을 열자 국물이 졸아진 채 찹쌀 떡이 된 통닭이 덩그러니 있다.

'어이쿠' 하며 거실 창가에 앉아 계신 아버지를 뒤돌아보며 재빨리 물을 붓는다.

"닭백숙입니다. 장작으로 솥에 삶으면 맛이 좋다길래 한번 해봤습니다."

너스레를 떨며 상을 차려 내자 입가에 미소를 머금으신다.

"이제는 별것도 다 할 줄 아네."

아궁이 가마솥만 보면 아버지의 닭백숙이 생각난다.

쌀 먹는 닭

닭장에 청계식구가 늘었다.

산골 어느 농장을 수소문해 청계 병아리 네 마리를 들여 온 이튿날, 집에 키우는 개가 세 마리를 물어죽인 후 농업직 공무원인 집안 동생이 이곳저곳 수소문해서 15마리를 구해온 것. 합이 총 16마리. 하루가 다르게 커가는 병아리들의 식성도 왕성하다.

농장에서 구입한 사료 한 포대가 바닥을 드러내자 동생이 직접 차를 몰아 쌀겨 한 가마니를 갖고 왔다.

포대를 열어보니 밥을 지어 먹어도 될 만큼 하얀 싸라기다.

"쌀 등겨를 가져왔나?"

거실을 들어서는 아들에게 아버지는 고방에 가면 요즘엔 등겨를 처리하지 못해 애를 먹고 있다고 한다. 나락을 도정하면 깨진 쌀알이 가끔씩 눈에 띄는 등겨가 어릴 적엔 닭의 모이였다.

하얀 쌀알이 수북한 싸라기를 아버지 몰래 창고에 넣어두고선 아버지 눈을 피해 병아리들에게 모이로 줬다.

문제가 생겼다. 날씨가 더워지고 습하자 한 포대 가득한 싸라기에 벌레가 생기기 시작했다. 쌀벌레를 닭들이 유난히 잘 먹긴 했지만 포대 가득 벌레가 꾸물꾸물 기어다니는 모습을 징그러워 쳐다볼 수가 없다.

"아버지, 쌀에 벌레가 생겼는데 어떻게 하면 되죠?"

아버지가 지팡이를 짚고 창고로 나오신다.

"포대기 열어봐라. 한번 봐야겠다."

쌀 포대를 열자 아버진 아들을 힐끔 쳐다보고서는 무심하게 말씀하셨다.

"마당에 널어서 햇빛에 말리면 벌레가 없어진다."

그리고선 말없이 방으로 들어가신다.

귀한 싸라기를 닭에게 먹인다고 크게 역정을 내실 줄 알고 그동안 도둑 모이를 줬는데...

"옛날에는 싸라기도 귀해서 못 먹었는데 요샌 닭이 호강하구나!" 하신다.

옥수수 수염차

"오줌을 못 눠서 한숨도 못 잤다. 간신히 화장실을 수도 없이 오가도 오줌이 나오지 않는다.

옥수수수염을 말려 차로 끓여 먹으면 좋다고도 했는데, 약 먹어도 낫지 않은 병을 어쩌랴..."

아버지는 아침 식사를 챙기려는 아들에게 간밤의 고통을 늘어놓는다.

옥수수 수염차를 검색한다.

'소변이 잘 나오지 않거나 몸이 붓고, 황달이 있거나 담도결석 등의 증상과 당뇨병에도 사용한다'는 설명에 집안에 심어둔 옥수수가 떠올랐다.

아직 열매가 채 영글지도 않은 서너 포기의 옥수수에 하얀 수염이 자라고 있다.

가위를 들고 세 개를 잘랐다. 식초물에 씻어 마당에 내다 말린다.

"그건 뭐고? 더운데 뜨거운 거는 안 먹는다."

약탕기에 옥수수 수염차를 만드는 모습을 보고 아버지가 묻는다.

"옥수수 수염을 말린 거요. 우려낸 차를 마시면 오줌 누기가 한층 수월하다네요."

나는 나름 정성을 다 한다.

"아직 옥수수 열매가 다 자라지는 않았는데 나중에 수염은 버리지 말고 차를 만들어야겠네요"

그러자 대뜸 호통을 치신다.

"강냉이 자라는데 수염을 자르면 어쩌노. 왜 쓸데없는 짓을 하노."

수염이 있어야 열매가 영글고, 그 과정에 수염을 자르면 열매가 영글지 못한다는 말씀이다.

옥수수 농사를 지어본 적이 없는 아들이 수염이 있어야 열매가 영근다는 사실을 알 수가 없는 노릇.

딱히 할 말이 없어 끓인 수염차를 내밀며, 드시길 권한다.

호통을 치시더니만 한 컵을 다 드신다.

오늘 밤엔 오줌을 시원하게 볼 수 있으려나.

맹자로 밥을 먹을까

시골집 선반 옆에는 큼직하게 쓴 윗대 기제사 날짜를 쓴 종이가 붙어 있다.

아버지의 형님인 백부에서부터 증조부모까지 제사 음력 날짜가 적혀 있다.

그 날짜가 가까워 오면 아버지는 몇 주 전부터 제삿날이 언제라고 몇 차례나 알려주신다.

당신의 몸이 아파 제사에 직접 참석을 못하니 아들에게 반드시 큰집에서 지내는 제사에 다녀올 것을 당부한다.

연일 폭염이 기승을 부리던 어느 날 밤 백부(伯父) 제사를 모시러 큰집엘 간다.

연중 10번 이상 조상 제사를 모셔야 하는 종가 형님이 팔에 깁스를 한 채 제수를 장만하고 있다.

"왜 그랬어요? 나이 들수록 사고뭉치구먼!"

"사과나무 일을 하다가 사다리에서 떨어졌다!"

포항시 신광면 터일의 묘사

    겸연쩍어 하시는 표정으로 대답하는 얼굴이 사과꽃 같다. 미안함이 너무도 넘치지만 농담으로 눙치고 만다.

    사촌들이 다 제관으로 참여하는 집안의 풍습 덕(?)에 팔을 다친 형수님은 새벽 늦게까지 음복봉사(?)를 하느라 고생이 이만저만이 아니다.

    "집안에서 가장 값 나가는 물건은 오직 맹자(孟子) 일곱 권뿐인데, 오랜 굶주림을 견디지 못해 이백 냥에 그것을 팔았소. 그 돈으로 배불리 밥을 먹고 희희낙락 하며 영재(유득공의 호)에게 달려가 크게 자랑하였다오. 영재 또한 오래 굶주린 터라 내 말을 듣고 곧바로 좌시전(左氏傳)을 가져다 팔았소. 그리고 남은 돈으로 술을 사서 나와 더불어 먹었소. 맹자가 친히 밥을 지어 나를 먹이고 좌구명(左丘明)이 손수 술을 따라 내게 권한 것이 아니겠소"

조선조 이덕무가 이서구에게 보낸 편지다.

유교를 숭상하는 나라에서 이 책들을 경전으로 귀하게 받들며 살아온 그들이었지만 그 결과가 극심한 굶주림뿐이었으니 맹자와 좌구명이 한끼 밥이 되고 한잔 술이 되었다.

농사일에, 새벽까지의 제사에 지친 사촌 형수님이 시집 온 이래의 고단함을 밤새 풀어 놓는다. 이 와중에 형님은 문중에서 만든 것이라며 문집 한권을 건넨다.

'경주이씨 송와공파 문집'이라고 적혀 있다.

아버진 그날 이후 가쁜 숨을 몰아쉬면서도 안경을 끼고 그 문집을 읽고 또 읽는다.

버리고 기다리는 봄

낮 기온이 30도를 넘나드는 뜨거운 봄날.

형제들이 부모님 계시는 시골집 수리를 하자고 한다.

사시면 얼마나 사실까? 부모님 생전에 마지막 집수리가 될 것이라고 한다.

곰곰히 시골집 곳곳을 마음속으로 살펴본다.

겨울, 여름 할 것 없이 두툼한 커튼, 빛바랜 벽지와 장판, 녹이 슨 싱크대, 희미한 형광등.

그 봄날 토요일, 형제들은 꼭두새벽부터 팔을 걷어부치고 묵은 청소를 한다.

집안 구석구석에서 그만큼의 물건들이 있으리라곤 상상도 못했다.

우리네 부모들이 다 그랬듯이 아까워서, 지난 세월의 힘든 추억이 배어 있어서 그 많은 물건들은 오롯이 집안 곳곳에서 잠들어 있었다.

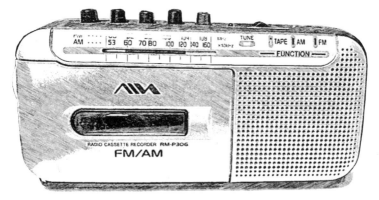

아버지의 라디오에선 엄마의 노래가 들린다.

어느 해인가, 어버이날을 맞아 사드린 봄옷까지도 새 옷의 냄새를 그대로 간직한 채 옷장을 지키고 있다.

엄마는 수북이 쌓인 버려야 할 물건들을 뒤적이며 또 골라낸다.

다 버리고 나면 새털처럼 가벼워지고 새 것이 그 자리를 차지하겠지만 버려질 물건들을 물끄러미 쳐다보는 엄마의 눈길이 아련하다.

죽으면 그만인데 물욕이 그리 많으냐며 아버지는 엄마를 타박하지만, 두 분은 50년 동안 장롱 속에 모셔져 있던 '사성 (四星=사주단자)'은 고이 접어 장롱 속으로 다시 넣는다.

"내가 죽고, 네 어미가 죽으면 사성을 관속에 넣으라!"

"죽어서도 엄마하고 같이 가고 싶으세요?"
아버지의 말씀에 여동생이 속을 뒤집는다.

버릴 것과 간직해야 할 것의 기준은 무엇일까?
내가 버린 것이 네게는 목숨보다 소중한 것이 될 수 있을 것이고, 내게 필요 없는 것이 네게는 절실한 필요가 될 수도 있을 텐데.

함께 죽는 날 사주단자를 관속에 넣어달라던 아버지는 봄이 흐드러지게 핀 창가 의자에 앉아 엄마의 편지를 기다리는 듯 대문 앞만 응시하고 있다.
창문에 비친 봄 햇살에서 엄마의 얼굴을 보듯 부치지 못한 편지를 마음으로 또 써내려가는 듯 엄마가 먼저 가신 아버지의 봄날은 그렇게 분주했다.

늙은 냉장고

폭염이 기승을 부리던 어느 날 엄마의 손때가 묻은 냉장고가 멈춰 섰다.

열대야로 지친 아버지의 허연 속옷의 땀냄새처럼 윙윙 소리를 내던 냉장고는 무슨 영문인지 간밤에 숨을 멈췄다.

아침 식사 준비 차 냉장고 문을 열자 냉동실에 물이 흥건히 고여 있다.

망연자실한 아들 모습에 아버지는 서랍에서 전화번호 하나를 건넨다.

서비스센터 전화번호다. 출근 후 전화를 했더니 여름 성수기라서 오늘 중 출장이 어렵다고 한다.

시골집 회색 냉장고의 나이는 30여 년이나 된다.

군대를 제대하고 대학 3학년 복학하기 전까지 6개월 남짓 포스코 공장 건설에 일용직으로 다닌 적이 있다.

당시 월급 치고서는 많은 40여만 원을 받았다.

돈 버는 재미가 쏠쏠해 한여름 식염을 먹어가며 용광로 옆에서 야간작업을 하기도 했다.

냉장고가 없는 우리 집에 아들은 그 첫 월급으로 냉장고를 샀다.

엄마는 아들의 냉장고를 마르고 닳도록 닦았다.

윤이 번지르르 하게 났다.

다음날 서비스센터 직원이 왔다.

"할아버지, 냉장고 수명이 다 해서 바꿔야겠는데요?"

"요새 냉장고는 얼마나 하느냐?"

"좋은 건 200만 원 정도 합니다."

직원의 말에 아버지는 입을 떡 벌리신다.

그리고는 멀쩡한 걸 고쳐 쓰면 된다며 고집을 피운다.

부품을 교체하는 등 수리비가 20여만 원 나왔지만 그 후 냉장고는 고장 한번 없이 잘만 돌아갔다.

엄마의 손때가 묻은 그 냉장고 손잡이 한쪽은 떨어질듯 말듯 생명을 이어가고 있다.

누런색 스카치테이프가 칭칭 감겨 간신히 버티고 있다.

발톱을 깎으며

나신의 목욕탕 거울에 왜소한 한 남자가 서 있다.

엄마 잃고 울부짖다 지친 얼굴에 아버지의 신음이 덧칠을 하고 있다.

더부스레 헝클어진 머리카락, 가냘픈 팔, 깊게 패인 주름, 그리고 가냘픈 눈동자.

그리곤 부쩍 자란 손톱을 본다.

"심신은 지쳐 가는데, 얘는 왜 이렇게 잘 자라는지?"

손톱을 자르면서 엄마의 발톱을 생각한다.

엄마가 호스피스 병동에 있을 때 엄마의 발톱을 처음 봤다. 손톱깎기로는 발톱을 자를 수가 없다.

여동생과 가위까지 구해서 발톱깎기를 시도했지만 불가능했다.

두툼하게 발가락과 구분이 안 되는 발톱.

아예 감각이 없다. 아프지도 않다고 하신다. 통증을 호소하는 엄마의 다리를 주무르며 차가워지고 있는 엄마의 발톱을 보듣던 그 해 가을이 속절없이 다시 온다.

아버지가 소파에 쪼그리고 앉아 발톱과 씨름을 하고 있다.
노안이라 손톱깎기를 발톱에 갖다 대는 것조차 어렵다.
주방 가위로 발톱을 깎느라 발가락 성한 곳이 없었다.
반창고를 감은 발가락 사이를 비집고 발톱을 깎아드린다.
석회암같이 굳은 발톱이 되레 회색빛으로 으스러진다.

아버지의 봄

아버지보다 3살 많은 동네 어르신이 돌아가셨다.

햇볕 따사로운 봄날 두 분은 집 마당 평상에 앉아 두런두런 이 얘기 저 얘기를 나누며 노년을 함께 보냈다. 한평생을 같이 해 온 친구의 죽음에 대해 아버지는 별다른 말씀이 없다.

"문상은 어쩝니까?"

내가 물었다.

"내 몸도 힘든데 문상은 무슨…"

아버지는 말을 아끼셨다. 늘그막 서로를 의지했던 친구의 죽음 소식에 아버지의 마음이 복잡한 듯하다.

「하얀 꽃잎을 올려다보면서 내년에도 이 사람과 함께 벚꽃을 볼 수 있을까 하고 생각한다. 단순한 의문문으로 '함께 보고 싶다'가 아니라 '과연 함께 볼 수 있을까' 하고 생각한다」

에쿠니 가오리의 '당신의 주말은 몇 개 입니까'에서처럼, 아버지는 친구의 죽음을 덤덤하게 받아들이면서도 내년에도 봄 햇살 따뜻한 마당 한켠에서 친구를 기다리실지 모른다.

함부로의 인연

퇴근길 참극이 벌어졌다.

비가 부슬 내리는 저녁 무렵, 대문을 들어서자 마당 한 가운데 병아리 세 마리가 참혹하게 내뒹굴고 있다.

창고문은 열려 있고 병아리 네 마리의 임시 보금자리인 큰 박스는 갈기갈기 찢겨져 있다.

천만다행, 네 마리 중 한 마리는 박스 한켠에서 공포에 질려 떨고 있다. 살아있음에 감사하고 안도한다.

청계 병아리 네 마리를 분양받아 창고 박스에 임시로 키우던 중이다.

이 참극의 범인은 누구일까?

창고 문을 열려면 사람 허리높이까지에 달려 있는 손잡이를 열어야 하는데?

그리고 마당 한켠의 개를 쳐다본다.

과연 저놈이 손잡이를 돌려 창고 문을 열 수 있을까?

참극의 현장을 정신없이 수습한 후 창고 사방의 벽을 둘러봤지만 어떤 짐승이라도 침범할만한 틈새가 없다.

결국, 병아리를 들여오던 어제 컹컹 짖어대던 개가 유력한 용의자다.

사람 없는 틈을 타서 창고 문을 뛰어올라 손잡이를 돌린 것이다.

유력한 증거로 개의 입 주변과 몸통 곳곳에 병아리의 털이 묻어 있다.

빗자루를 들었다.

마당을 쓰는 게 아니고 그 개를 향해 분노가 폭발한다.

지은 죄가 없다면 주인에게 달려들었을 법한 개는 모퉁이 한켠에 웅크린 채 용서를 비는 듯 눈치만 보고 있다.

병석의 아버지께 파란 계란을 드리려고 집안으로 들여온 청계 세 마리는 영역 침범을 허락하지 않은 시골집 늙은 개에게 참변을 당하고 하늘나라로 갔다.

사람이든 짐승이든 '함부로 인연을 맺지 말라' 하시던 아버지는 병상에서 가쁜 숨만 몰아쉰다.

3부
___

홀로서기

가래야 나와라

밤새 고함 소리가 들린다.

누구를 향해 소리 지르는 것이 아니라 '카악 카악' 목 저 아래 붙어 있는 가래를 뱉어내려는 절규다.

요양병원에서도 밤새 가래 뱉기로 온밤 내내 고함소리가 났다.

당연히 같은 병실 입원자들은 말은 못하지만 눈총을 줬다.

어떤 분은 잠을 못 잔다며 간호사실에 가서 항의를 했다.

다음날 회진 시 의사는 방을 이동하자고 한다.

환자들의 불편민원 때문이었지만 가래가 가슴 깊이 붙어 있어 자칫 호흡곤란이 올 수 있다며 가래배출 기계가 있는 방으로 옮기자는 것.

그러나 단 하룻밤을 지내고 아버지는 그 방을 나왔다.

가래배출 기계를 목구멍을 통해 넣자 기겁을 하신다.

통증이 수반되는 것은 물론 기계가 제 기능을 발휘하기보단 목에 상처만 내며 더 큰 고통을 준다.

하루 만에 본래 병실로 오자 아버지를 향한 같은 방 환자들의 눈초리가 예사롭지 않다.

오늘 밤도 아버지의 가래 뱉기로 잠을 설칠 수도 있다는 불편이 눈초리에 묻어 있다.

다른 병실에서 힘든 하룻밤을 보낸 아버지는 아들에게 항의라도 하듯 병실내 화장실로 부축하려는 나의 손길을 뿌리치고 지팡이에 의지한 채 긴 시간 소변을 보느라 용을 썼다.

요양병원 가는 것 한사코 거부하던 아버지를 며칠간 설득해서 입원을 했지만 병실 생활이 불편하고 성미에 안 차는 터, 아

요양병원 퇴원을 하며 받은 진료의뢰서

들을 향한 항의인 셈이다.

    한편으론, 주변의 도움을 거부하고 홀로서기를 준비하는 듯하다.

    단행(單行)이라는 말을 생각했다.

요실금 팬티

"야야, 집에 언제 가노?"

출근길에 요양병원에 들른 내게 아버진 보채 듯이 집에 가자고 한다.

요양판정이 나면 바로 집으로 모신다고 약속했던 터.

"지금 퇴원 수속 밟고 있으니 점심 전에는 집으로 갈 겁니다."

길게 안도의 숨을 내쉰다.

어느 날엔 거칠게 역정을 내시기도 했다.

"너거들이 날 여기 버려두려고 입원시켰지. 만놈의(말할 놈의) 소상들..."

집에서는 화장실조차 혼자 못 가는 아버지를 두고 출근할 수 없는 형편이었다. 요양보호사를 부르려니 등급 판정을 받아야 한다고 하고.

여동생에게 퇴원 수속을 부탁하고 시골집에 미리 주문해 둔 아버지 방의 환자침대와 이동식변기 등등 필요한 물품을 세팅한다.

침대에 누워서도 동쪽 창밖의 나무와 꽃들, 그리고 파아란 하늘을 볼 수 있도록 창문가에 침대를 들였다. TV가 낮을까봐 책장의 두꺼운 책을 쌓아올려 침대높이에 맞춘다.

아, 그런데 요실금 팬티가 맘을 아프게 한다.

전립선 비대가 심해 아버지는 화장실 가는 일이 최고로 힘이 든다. 어렵게 부축해서 화장실을 가더라도 끙끙대다가 결국 볼일을 못 보고 한숨만 쉰다.

"이 팬티 채우면 오줌 누고 싶을 때 누세요. 바로바로 갈아드릴게요."

아버지는 별로 내키지 않는 모양이다.

물끄러미 기저귀 뭉치를 보는 아버지의 눈가가 젖어 있다.

귀뚜라미 소음

새벽 5시 아버지 방에서 귀뚜라기 소리가 요란하다.

침대를 모로 누운 아버지는 연신 몸을 뒤척인다.

조그만 방을 울리는 귀뚜라미 소리는 간밤 가쁜 숨을 몰아쉬는 아버지의 울부짖음으로 들린다.

아침 내내까지 울리는 그 소리를 찾아 방안을 살핀다.

울음소리는 요란한데 실체가 없다.

벽걸이 에어컨 쪽을 빗자루로 쓸어보지만 그놈을 찾을 수가 없다.

에어컨 안에 집을 지은 것일까?

방안에 불을 켜고 텔레비전 볼륨을 높이자 놈의 소리가 멈췄다.

요란하던 소리가 멈춘 후 다시 방안에 고요한 침묵이 흐른다.

아버지의 아픈 신음소리가 거실까지 이어진다.

매년 이맘때만 되면 방안을 침투한 벌레소리가 합창을 했다.

시골살이의 풍류라고 그 소리를 즐겼다.

하지만 올해는 그 소리가 아버지의 웅크린 등을 타고 울리는 절규로 온다.

방안에 모기약을 듬뿍 뿌리고 문을 닫는다.

어디에 숨었든 독한 약에 죽든지, 그 모습을 드러낼 것이다.

아버지는 그날 켜켜이 닫힌 작은 방을 탈출해 거실로 나왔다.

닫힌 문틈으로 귀뚜라미의 아우성이 멀어지고 있다.

아버지의 가녀린 숨결 같다.

울릉도 독도전망대에서의 아버지

330725

330725-*******

주민번호와 주소를 대고 아버지의 이름을 썼다.

내가 자주 이용하는 비뇨기과에 아버지 이름으로 진료를 신청한 것.

아버지의 가장 큰 고통은 소변을 못 보는 것이다.

전립선 비대가 심각하다는 것 외, 나머지 비뇨기과 질환이 있는지는 확인할 수 없다. 병원 가기를 싫어하시는 데다 입원 당시에도 각종 검사를 모두 거부한다.

"제 아버지인데요, 전립선비대가 심해서 소변을 못 봅니다."

의사는 아버지의 나이를 확인하더니 별 말이 없다. 묵묵히 약 처방만 한다.

"보름치 드릴까요? 아니죠, 매일 복용해야 하는 데 한 달치 가져가실래요?

별 방법이 없다는 표정이다. 노환은 어쩔 방법이 없다는 의

미로 눈만 끔벅이는 의사의 모습을 보면서, 매일 밤 소변을 못 봐서 고통스러워하시는 아버지 얼굴이 떠오른다.

그리고, 소변을 잘 볼 수 있는 약을 타 올 것이라고 기다리는 아버지의 얼굴이 스쳐간다.

선산 벌초 가는 길

못난 오라비

며칠째 술을 마신다.

지금 처한 상황에 힘이 든다.

출가외인 여동생들이 무슨 죄가 있다고. 생업을 버린 채 오빠와 교대로 재택간호를 해야 하는 두 여동생 보기에 오라비가 면목이 없다.

"저녁 9시까지 올게"

그렇게 말하고 출근했던 그날은 밤 10시 30분이 넘어서 귀가했고 여동생은 웬 종일 지친 몸에 불 꺼진 거실에서 오라비가 오길 기다린다.

"오빠야, 혹시 늦을 일이 있으면 미리 전화 해줘!"

여동생의 목소리에 고단함이 묻어 있다.

다음날도 만취해서 9시가 넘어서야 귀가했다.

"오빠야, 요새 왜 자꾸 술 마시노? 아부지 저렇게 아픈데..."

나는 성의 없이 대답한다.

"아, 힘들다. 요양병원에 계시면 당신도 자식들도 힘이 안 들 텐데!"

여동생은 늦은 귀가를 서두르며 이렇게 말한다.

"어쩌노, 아버지가 요양병원 싫다고 하시는데..."

아버진 설득 끝에 요양병원에 가셨지만 열흘만에 집으로 다시 왔다.

아들에겐 말을 못 꺼내면서 딸들만 보면 집으로 가자고 졸랐다.

병원에선 단식투쟁도 했다.

"야야, 집에는 언제 가노?"

이토록 집에 가길 소원하시는데, 내 편하자고 요양병원으로 모신 것 같아 부끄럽기만 하다.

요양보호사 오던 날

국민연금공단에서 요양판정을 받고 드디어 요양보호사가 집
으로 왔다.

50대 후반의 인상이 다소 강한 분인데 아버지는 첫날부터 불
만이다. 요양보호사에게 이유 없는 짜증을 내신다.

"와서 할 일도 없는데 와 불렀노?"

"우리가 돈을 주는 게 아니라 나라에서 돈을 주기 때문에 불
러도 됩니다. 필요한 것 있으면 얘기하세요!"

나는 출근을 서두른다.

보호사는 나의 출근시간에 맞춰 오셔서 세 시간만 있다가 가
신다.

점심때 챙겨드릴 죽과 약을 알려드리고 대문을 나서는 맘이
그나마 놓인다.

아니면 내가 없는 시간대에 여동생들이 아버지 곁을지켜야하
기 때문이다.

그러던 중 3일째인가 퇴근 후 저녁시간대 여동생은 이렇게 말했다.

　"보호사 왈, 어르신이 오늘은 기분이 좋은 것 같다고 전하더라."

　낯선 여자에게 기저귀를 찬 모습에 자존심이 상했건만 오늘은 오줌을 수건에 누고 상의 내복도 버렸다면서 옷을 갈아 입혀달라고 먼저 얘기했단다.

　난 속으로 되뇐다.

　"영감, 할멈 잘 챙겼으면 남의 여자한테 고추 보여주는 자존감을 버리지 않아도 됐을 텐데."

오줌통 있나

숨 가쁜 것이 나아지는 듯 하더니 이젠 소변을 못 보는 것이 가장 고통스럽다.

기저귀를 찼지만 매일 밤 이불과 상의가 흠뻑 젖어 있다.

찔끔찔끔 소변이 기저귀가 흡수하지 못하고 옆으로 흐르는 것 같다.

"오줌통 한번 줘 봐라."

아버지는 뚜껑을 연 오줌통을 아예 그곳에 갖다 댄다. 5분여를 끙끙대시더니만 오줌통을 던져버린다.

"아무리 용을 쓰도 오줌이 안 나온다!"

"안 나오는 오줌 누려고 너무 용을 쓰지 마세요."

여전히 오줌과의 전쟁을 치르는 듯 용을 쓰는 모습을 뒤로 하고 내가 화장실에 간다. 소변을 보고서도 물을 안 내린다.

오줌 못 누는 고통이 얼마나 심한지 알진 못해도 혹 아버지가 화장실 물소리를 듣고서는 또 오줌 때문에 용을 쓸까 싶어서다.

입원 안 한다

폐기능이 날로 악화되고 있다. 숨이 가빠서 집안에서도 움직이는 것을 힘들어 하신다. 작년 봄만해도 마당까지는 나가서 개 사료를 줄 수 있었다. 1년여 만에 이토록 악화하고 있다.

주말에 여동생 내외가 왔다. 아버지의 상태를 설명하자 병원 검사를 가자고 한다. 폐기능이 나쁜 것은 익히 아는 사실이지만 혹 무서운 병이 생긴 것은 아닌지 상태는 알아야 한다는 것이 동생의 설명이다.

동생 내외와 함께 아버지를 설득한다.

"병원 가서 정확한 검사 한번 받아보고 약을 받아 옵시다. 요즘 좋은 약이 많아서 약 드시면 숨쉬기가 한결 편할 수 있습니다."

아버지는 역시 단호하게 거부하신다.

"늙어서 그런 걸 병원은 왜 가노!"

긴 설득 끝에 내일 병원에 가기로 약속을 받아 냈다.

다음날 아침, 아버지는 주섬주섬 옷을 챙겨 입으신다. 방문을 나와 마당을 지나 차에 타기까지 숨을 몰아쉬며 겨우겨우 걸으신다.

병원 검사 이후 의사는 보호자만 들어오라고 하신다. 혹 무슨 큰 병이라도 발견한 것인가 가슴이 덜컹한다.

"폐가 90%는 기능을 못합니다. 암이 있거나 한 건 아니지만 이 상태로선 위험합니다. 갑자기 호흡을 못할 수도 있어요. 입원해야 합니다."

의사의 설명을 듣고서는 상태의 심각성을 확인한다. 병원에 오길 잘 했구나 하는 생각과 함께.

아버지가 자발적으로 간 마지막 병원 검사

아버지께 진단결과를 설명하고 오늘 바로 입원해야 한다고 했다.

"입원 안 한다. 때가 되면 죽어야지 무슨 입원을 하나. 병원에 있는다고 나아질 병이 아니다, 내 병은 내가 안다."

아버지는 휠체어를 굴려 멀찌감치 도망을 간다. 나도 목소리가 높아진다. 간호사들과 대기 중인 환자들이 다 쳐다본다.

결국 아버지의 입원은 불발됐다. 당신의 고집이 이럴진대 강제로 입원시킬 수도 없고. 다시 의사 선생님을 찾아 상황을 설명한다. 한 달치 약과 호흡기 치료기를 받아들고 병원을 나설 수밖에 없다.

소변보기가 힘들어 가쁜 숨을 몰아쉬며 하룻밤에도 수십 번 화장실을 들락날락해야 하는 당신의 처지를 아신 터라 입원하면 자식들이 번갈아 간호해야 한다는 수고를 덜어주기 위해 그렇게 '땡깡'을 부리며 입원을 거부한 것이다.

아버지가 자발적으로 간 마지막 병원 검사였다.

화장실을 어찌할꼬

3월 들어서부터 아버지의 지병이 날로 악화되고 있다.

호흡이 힘드니 거동을 못 하고, 힘든 몸을 이끌고 밤새 화장실을 드나드는 일이 가장 힘이 든다. 화장실에서는 몸을 가누지 못해 넘어지는 일도 다반사다.

어느 날은 팔다리에 멍이 들고, 또 어느 날은 얼굴까지 다치기까지 한다.

나 또한 밤새 깊은 잠을 잘 수가 없다. 기침소리만 나도 벌떡 일어나 아버지 방으로 달려가는 밤이 일상이 되었다. 의료용 침대와 용변기까지 아버지 방에 설치했지만 아버지는 매일 밤마다 화장실 가는 전쟁을 치르고 있다. 방안 용변기에서는 소변을 볼 수가 없다며 화장실을 고집하고 있다.

나는 거실을 사이에 두고 안방문을 열어 누워서도 아버지의 방을 볼 수 있도록 했지만 밤새 화장실을 들락이는 아버지를 내내 감시할 수는 없다.

집으로 모신 아버지

어느 날 새벽, 화장실에서 넘어져 변기를 붙잡고 일어서려고 안간힘을 쓰는 아버지의 모습을 발견하고는 내가 짜증을 냈다.

"요양병원 싫다 하셔서 집에 오긴 했는데, 화장실에서 넘어져 다치면 그땐 바로 돌아가십니다!"

아들의 짜증에 아버지는 질세라 호통을 친다.

"죽든 살든 내가 알아서 한다. 요양병원에는 다시 안 간다. 집에서 죽는다!"

다음날 화장실 미끄럼 방지 매트를 구입하고 크기에 맞게 가위질을 한다. 화장실 문 모서리에도 얼굴을 부딪치면 큰 상처를 입을 수 있어 고무팩을 붙인다. 화장실 입구에 들어서면 손으로 잡고 일어설 수 있는 긴 쇠막대도 단단하게 고정한다.

젊은 시절 무엇이든 뚝딱뚝딱 잘도 만드셨던 아버지와 달리 난 대체불가능한 기계치다. 한나절이나 걸려 작업을 마치고 기진맥진하는 아들에게 거실 소파에 앉아 물끄러미 쳐다보시던 아버지는 말씀하셨다.

"잘 했구나!"

내 생애의 최고의 칭찬이었지만, 아무런 쓸모가 없는 메아리로만 남아, 아직 가슴에서 울리고 있다.

그것이 무엇이었던 불구하고 더 잘 할 수 있었는데, 잘 하지 못했다.

회한으로 남는다.

영원한 숙제가 내 앞에 남아 있다.

벼슬도 버렸다는데

신문사 회장인 친구를 만났다.

"친구야, 사장 할 사람이 많다. 그래도 30년지기 친구가 신문사 사장하는 걸 꼭 한번 봐야지"라며 하루빨리 취임할 것을 압박한다.

친구의 맘이 고맙다.

신문기자 생활 30년 동안, 몸담았던 신문사에서 사장 물망에도 올랐지만 자리를 꿰차고 있던 인사들의 정치성이 싫어 매번 스스로 사표를 냈다.

그런데 이번에는 친구가 자신의 신문사 대표를 맡아달라는 것이다.

처우도 괜찮고 언론사 대표의 위상도 남다르거늘, 나를 생각하는 친구의 맘이 고맙다.

오전 10시쯤 출근할 해도 되는 지금 신문사의 시간적 여유는 오롯이 아버지의 것이다.

대표이사
이 창 형

8시에 아버지 아침식사를 챙겨드리고, 간밤 오줌이 흥건한 수건을 빨고, 휴지통 가득한 가래 묻은 휴지를 처리하는 등 아침 시간은 간밤의 흔적을 지우는데 보낼 수밖에 없었다.

"친구야, 5월부터 출근하면 안 되겠나? 아버지 상황이 날로 악화하고 있는데..."

나의 말에 회장친구는 또 재촉한다.

"사장할 사람 많은데 한 달 지연하다가는 자리 뺏길 수도 있다. 현 사장이 3월말로 나가는데 바로 와서 취임해야지."

며칠간 고민을 한다.

벼슬도 버리고 늙은 부모 봉양을 위해 낙향했던 선대 사람들의 이야기가 떠오른다.

아버지 저리 몸져 누워서 하루하루 고통스런 날을 보내는데 난 턱없는 벼슬을 탐하고 있는 건 아닌지.

5월부터 출근 약속을 한 아들의 마음은 무엇인가?

아버지가 5월까지 버티지 못하신단 말인가.

마음이 복잡한 봄날이다.

장기요양인정서

장기요양인정서가 나왔다.

4등급이다.

치매가 없고 신체 활동이 약간 불편한 마지막 등급인 듯하다.

요양병원 입원 3일째, 아버진 여전히 적응을 안 하시는 듯 하다.

식사를 거부하고 간호사들에게 불편함만 호소한다.

여동생과 내가 돌아가면서 식사 시간에 맞춰 병원을 들른다.

집에서 준비해 온 음식을 권해도 고개만 절레절레 한다.

그리곤 같은 방 환자 때문에 밤새 한숨도 못 잤다고 짜증을 낸다.

그리곤 숨을 몰아쉬며 힘겨운 몸을 일으켜 지팡이에 의존, 병실 안 화장실을 간다.

5분, 10분이 되어도 안 나오신다. 문을 반쯤 열고 살피니 소변을 못 봐서 전전긍긍이다.

공단에 요양등급 신청을 한지 1주일여 만에 담당자가 병원에 확인 차 온단다. 내가 미리 설명을 드린다.

"아버지, 직원이 오면 거동이 힘든 지금 있는 대로 설명을 하세요. 그래야 국가에서 요양비를 지원해 준답니다."

오후 늦게 건강공단에서 나왔다. 침대에 누워 숨을 몰아쉬는 아버지께 여러 가지 질문을 한다.

"어르신, 다리 한번 올려 보세요. 팔도 올려보세요. (아들을 가리키며)저 분은 누구십니까?"

아버지는 힘겨운 몸을 간신히 움직이며 시키는대로 다 따라한다. 질문에도 대답을 올곧게 하신다.

아버지는 당신이 아프지 않다는 것을 필사적으로 증명하려 하신 것이다.

내가 원하는 답은 그 반대인대도 말이다.

아버지의 통장

여동생이 주방에서 바쁘다.

쇠고기죽을 끓이고 있다.

오후 6시가 되면 아버지는 밥 먹자고 재촉하신다.

식사시간은 침대병상생활 전후가 한결같다.

아침은 8시, 저녁은 6시다.

"야야, 이리 와봐라!"

갑자기 아들을 부르신다.

침대 위로 귀를 갖다 대자 조용히 물으신다.

"보일러 기름 넣고 쌀 사고, 반찬 사고, 돈 없제?"

"아버지 돈 있으세요?"

"너거들 돈 없는데 통장에서 빼 줄라꼬."

귓속말로 다시 묻는다.

"돈 빼서 순형이 줄까요?"

"그래라!"

동생에게 아버지의 말을 전한다.

"돈을 주고 싶은 것도 부모 마음이고, 자식이 그걸 받으면 기뻐하시지 않겠느냐?"

동생이 빙그레 웃는다.

아버지의 통장

술 마시는 밤

"지금 집에 가려는데 언제 오나?"

여동생으로부터 문자가 왔다.

동생은 오후 2시30분 아버지 혼자인 시골집에 도착해서 오빠가 퇴근해야 귀가할 수 있다.

큰 딸이니 아버지를 애살스레 잘 모신다.

맏아들에게 하지 못하는 말을 딸에겐 잘도 하신다.

"너 오라비, 어젠 밤 12시가 돼서야 왔다. 내게 안 넘어가는 밥 안 먹는다고 큰 소리를 치더라!" 등등의 고자질.

퇴근 후 술자리 모임.

소맥이 수십 잔 도는 술자리에서 맥주 한 컵으로 버틴다.

이젠 주변 사람들도 조기에 귀가할 수밖에 없는 상황을 알기에 술을 강권하지는 않는다.

귀가길 편의점에서 소주 4병이 든 꾸러미를 산다.

대문을 열고 들어서는 집이지만 소주병은 차에 둔다.

"오빠, 시간 맞춰서 왔네? 오늘 저녁은 숨이 차서 밥을 못 먹겠다고 하셔서 고구마와 요구르트를 갈아서 한 컵 드셨다."

이런 말을 남기고 캄캄한 대문 앞 여동생의 차량은 하품을 하는 듯 빠져 나간다.

호흡을 하기 위해 용을 쓰고 있는 찡그린 아버지 얼굴을 본다.

9시에 귀가한 아들 얼굴 한 번 쳐다보고서는 숨을 몰아쉰다.

엄마 생각, 지난 과거가 파노라마처럼 스친다.

잠을 못잘 것은 뻔한 일, 이 상황에서 어떻게 해야 할지 고통스럽다.

차 트렁크에 숨겨둔 소주 꾸러미를 들고 안방에 앉자 엄마 생각이 간절하다.

아버지의 휴대전화와 자식들과의 통화 기록

다리에 힘이 없구나

오후 6시, 주섬주섬 반찬을 꺼내서 아버지랑 저녁식사를 마쳤다.

소파에서 식탁까지 서너 걸음 떼는 데도 숨을 헐떡이신다.

다리에 힘이 하나도 없다.

종일 소파생활만 하시니 다리 근육이 아예 없는 듯 하다.

"숨이 차서 한 발짝도 못 움직이는데 다리운동을 어째 하노!"

무척 낙심하신 표정이다.

그날도 저녁식사 후 아버지는 다시 소파에서 TV를 본다.

평일 프로그램을 다 꿰고 계신다.

그리고선 8시 뉴스시간이 되면 거실 불을 끈다. 취침시간이다.

아들도 방문을 닫고 TV를 본다.

갑자기 '쿠당탕'하는 소리에 놀라 거실로 나간다.

화장실에 가시던 아버지가 문 앞에서 넘어져 있다.

힘에 부쳐 일어서며 아버지는 말씀하신다.

"다리에 힘이 하나도 없구나!"

겨울철, 아들의 퇴근시간도 빨라졌다.

6시에 저녁식사를 챙겨드려야 했다.

하룻밤에도 수십 차례 화장실을 들락날락해야 하는 아버지에게는 타일 바닥의 화장실이 위험하다. 물기라도 있으면 미끄러지기 십상이다.

"내일 화장실 바닥 미끄럽지 않게 뭘 좀 깔아야겠어요."

"밤새 수십 번도 더 가는데…, 벽을 붙잡고 조심조심하긴 한다…"

끝내 말끝을 흐리신다.

폐기능 절반이 죽은 상태, 숨이 가쁘니 움직임이 힘들고 근력이 떨어지니 걷기도 힘들어하시는 아버지.

낼 모레가 음력설이다.

올 겨울이 유난히 길기만 하다.

동창 밖의 봄맞이

동쪽 창문의 커튼을 걷자 봄이 지천이다.

겨우내 침대 병상에서 아버지는 한번도 창문을 열지 못했다. 밤새 병마와 씨름을 하던 터라 아침이면 기진맥진하셨다.

다행히 기분이 좋아 보이시는 날, 작은 공기밥 한 그릇을 다 비우신 당신은 침대 옆 동쪽 창문을 열어 달라신다.

"아직 쌀쌀한데 감기 걸리면 어쩌려구요."

잠시 망설이는 내게 푸념하듯 대답을 하신다.

"설 지난 지가 언제인데..."

커튼을 걷자 창밖에 봄이 푸릇하다.

담 너머 나뭇가지엔 이름 모를 새들의 재잘거림이 요란하다.

물끄러미 창밖을 보던 아버지, 새소리 자장가 삼아 눈을 감는다.

조카들의 병문안

큰집 사촌형님들이 병문안을 왔다. 아버진 침대에 누워 물끄러미 조카들을 올려다본다.

"식사는 하십니까, 숨 가쁜건 좀 나아졌습니까?"

형님들의 물음에 간신히 고개를 흔든다. 아무 것도 할 수 없다는 몸짓이다.

아버진 4형제 중 3째다. 당신의 동생을 먼저 보내고 이어 큰형님과 둘째 형님을 보낸 후 혼자서 집안의 어른으로 10여 년을 지탱해 오셨다.

내겐 막내 삼촌, 아버지에겐 하나뿐인 동생을 먼저 보낼 때는 나의 할머니가 살아 계셨다.

제사 때나 명절 때마다 할머니는 삼촌은 왜 안 왔냐며 내게 물으셨다. 삼촌이 돌아가신 건 할머니에게는 비밀이었다. 막내 아들이 세상을 떴다는 이야기를 차마 늙은 어머니에게 할 수 없다는 아버지 형제들의 약속이었다.

"삼촌이 좀 아파서 이번에는 못 왔어요."

할머니께 삼촌의 근황을 말하면 할머니는 연신 혀를 차셨다.

"아이고, 와 자꾸 아프노. 죽어도 내가 먼저 죽어야 하는데"

세월이 흘러 모두 하늘나라로 가시고 아버진 안방 침대에 누워 그 식솔들의 병문안을 받는다.

한꺼번에 조카들이 다 모였으니 비록 병석이지만 반가웠을 것이다. 간신히 목을 돌려 조카들과 며느리들에게 눈길을 한번씩 주신다.

뒤늦게 사촌 누나 내외가 오자 울음바다가 됐다.

"삼촌, 조금만 더 버티세요. 평생 고생만 하셨는데 이렇게 누워 계시면 어쩝니까?"

모두 눈시울을 붉히며 방문을 나선다.

"쾌차하셔서 일어나시긴 어려운 것 같구나. 가시는 날까지 잘 모셔라."

형님들을 배웅하고 나니 하늘이 노랗게 아찔하다.

4부

아버지의 유산

엄마의 금반지

아버지 가신 후 아들은 며칠째 분주하다.

방안의 의료용 침대며, 용변기, 기저귀 등등 아버지 흔적 지우기가 그리 급했을까?

장롱문을 열자 아버지의 푸릇한 옷가지들이 가지런히 걸려 있다.

아까워서 입지 못하고 고이 모셔둔 옷가지들, 그리고 환갑 때 아들이 해 드린 비단 한복까지 아버지의 체취가 그대로 녹아 있다.

아버지의 금고격인 서랍장을 열자 농협통장, 인감도장, 6.25 참전용사증, 집과 논의 등기부등본, 그리고 빛바랜 주민등록증이 있다.

그리고, 세라믹 팔찌까지.

세라믹 팔찌는 아버지의 신경통이 심해지자 아들이 혹시나 도움이 될까 해서 외국여행 때 사온 것이다.

아버지는 신경통에 좋다는 그 팔찌의 효능을 믿었다.

"이거 팔에 끼고 있으니 허리 아픈 거, 무릎 아픈 것이 덜한 것 같구나."

아버지는 주무실 때도 그 팔찌를 꼈다.

옷가지를 정리하고서도 아버지의 금고 안에 있던 아버지만의 귀중품은 다시 아들의 책장 가운데 자리 잡고 있다.

엄마의 칠순이 다가온다.

포항 죽도시장 금방에 들른다.

금반지를 구입해 본 적이 없던 터라 어떤 것을 고를 지가 난감하다.

"제 엄마 칠순인데 기념으로 금반지 하나 하려고 하는데요..."

주춤하고 있는 내게 주인장은 보기에도 두툼한 반지를 내놓는다.

간밤에 아들은 주무시는 엄마의 손가락 약지에 실을 묶어 크기를 쟀다.

동그랗게 매듭진 실을 보고서는 주인장이 고개를 끄덕인다.

저녁 식탁에서 불쑥 금반지를 내놓자 "야야, 이게 뭐고?" 하시며 엄마의 얼굴이 환하다.

평생 할멈에게 금반지 하나 못 해준 아버지가 옆에서 미소를 지으며 겸연쩍어 하신다.

"내 죽거든 이 반지는 며느리 줘라."

엄마는 그날 이후 장롱 속에 그 반지를 고이 모셔두기만 했다.

엄마는 평생 손가락 반지를 낀 적이 없다.

설령, 결혼 때 아버지가 은가락지라도 준비했다고 치더라도 그 반지는 이런저런 어려운 시기에 팔아서 가계를 이끌었을 것이다.

아버지의 금고 속 세라믹 팔찌를 보며 엄마의 금반지를 생각한다.

목욕탕 지팡이

어느 날부터 아버진 목욕탕 가시는 걸 귀찮아하신다.

숨을 헐떡이며 방문을 나서는 것 자체가 힘이 드신 듯 하다.

방문을 나서고 대문 앞 차를 타기까지 숨을 몰아쉬며 서너 차례 쉬었다를 반복하신다.

젊었을 때의 주인만 기억하고 있는 마당 한 켠의 늙은 개는 아랑곳 없이 아버지의 지팡이를 물고 늘어진다.

목욕탕에 모셔드리고 때밀이 아저씨께 10분쯤 있다가 때를 밀어달라고 하고선 아들은 마트에 들러 장을 본다.

갑자기 전화벨이 울린다. 때밀이 아저씨다.

"사장님, 어르신께서 걷지를 못하십니다. 얼른 와 보세요"란 전화를 받고선 하늘이 노래진다.

아버진 때를 밀고서는 혼자 일어나지도, 걸음조차 떼지 못하

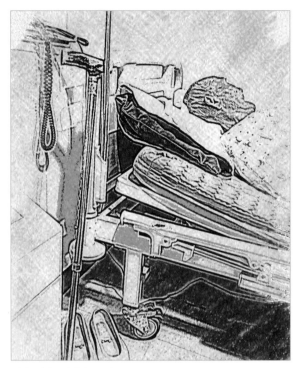
병석에서의 지팡이와 고무신

고 덩그러니 누워계셨다.

　때밀이 아저씨와 둘이서 아버지를 일으켜 세우고 간신히 목
욕탕을 나왔다.

　숨을 헐떡이시는 아버지 "이젠 목욕 오지 말자, 숨이 차고 다
리에 힘이 없어 한 발짝도 움직일 수가 없구나…"하신다.

아버진 몇 달 전만해도 지팡이를 짚고 걸어서 목욕탕을 출입했다.

지팡이는 목욕탕 바닥에서도 미끄러지지 않도록 아버지와 아들이 온갖 머리를 다 짜내서 만들었다.

지팡이 끝에 고무마개를 붙인 것이다.

그 지팡이를 짚고 목욕탕 가는 주말만 기다리시던 아버진 때를 다 밀고서는 "아이구, 개운하구나"라시며 생수 한 병을 다 드셨다.

하루가 다르게 기력이 없어지는 아버지를 보고 있자니 목욕탕 가는 걸 그토록 좋아하셨던 옛 모습이 눈이 선하다.

내가 자주 가는 목욕탕엔 팔순의 아버지를 모시고 주말마다 오는 또다른 아들이 있다.

아들이 직접 아버지의 구석구석 때를 미는 모습을 보면서, 수건으로 몸을 닦아드리고 얼굴에 로션을 발라주던 그 아들을 보면서 가신 아버지를 떠올린다.

어느 날부터인가 두 부자의 모습도 목욕탕에 보이지 않았다.

주말 목욕탕을 가기 위해 방문을 나서면서 현관문 옆에 가지런히 서 있는 '아버지의 목욕탕지팡이'를 본다.

대추나무 사랑 열렸네

"좁은 마당에 심을 곳이 어디 있다고 또 나무냐"

나무시장에서 산 대추묘목을 낑낑대며 차에서 내리는 아들을 거실 창문을 통해 내다보던 아버지가 또 나무라신다.

"집안에 과실나무가 있으면 풍요가 온다고 하던데요, 엄마가 유독 과실나무 키우기를 원했잖아요."

나는 고집스레 마당 한켠에 대추묘목을 심는다.

대추는 서리를 맞아야 단맛이 더하다고 해서 겨울 같은 추위가 오던 가을날, 마당 한곳의 대추나무에서 수확을 한다.

작은 나무 한그루에서 이만큼의 많은 양의 대추를 딸 줄은 미처 몰랐다.

대추는 다산의 상징이라고 해서일까?

"날 궂은데 대추를 따서 어찌 말리려고…"

또 아버지의 꾸지람을 듣는다.

가을 내내 궂은비가 연일 계속됐다.

통대추를 말리려니 곰팡이가 피는 듯 해서 한 광주리 가득 대추를 들고 아버지 방에서 대추 썰기 작업을 시작한다.

도마를 놓고 작은 칼로 대추를 자른다. 말리기 쉽게 얇게 선다.

어버지도 안경을 끼고 '아이고, 무릎이 아파서...'라면서도 그 많은 대추를 다 손질하신다.

엄마는 집 마당에 과실나무며 꽃나무 심기를 좋아했다.

대문 옆 공터에는 목단꽃이 올 봄에도 어김없이 활짝 피었다.

화려하면서도 온화한 자태로, 개화 10여 일 만에 낙화하는 아쉬움을 줬다.

엄마는 목단꽃을 꼭 닮았다.

둥근 얼굴이 그랬고, 화려하지 않은 은은한 심성이 그랬다.

뭐가 그리 급하다고 은근하게 꽃 피운 소식도 제대로 전하지 않은 채 낙화했다.

목단꽃 피고 질 때 즈음 엄마를 생각하며 심은 대추나무에 주렁주렁 사랑이 열렸다.

두 남자가 마주 앉아 대추를 썰며 말없는 대화를 이어간다.

아버진께서 말씀하신다.

"야야, 너거 엄마 기제사 때 마당에서 키운 대추를 듬뿍 올려라."

추석을 쇠고 한 달 여도 안 돼 가신 엄마의 제사상에 사과만 한 큼직한 대추를 올린다.

손주 결혼식을 볼 수 있을까?

매년 12월 첫 째 주 토요일은 온 가족이 시골집에서 김장을 했다. 한번 정한 날짜가 관습처럼 되풀이 됐다.

자식 넷을 먹인다며 엄마는 여름 내내 집 앞 텃밭의 배추를 애지중지 키웠다.

가뭄이 극심했던 때엔 마당의 수도를 연결해 물을 줬고, 늦가을 서리가 내리기 전 배추를 수확하지 못해 애를 태웠다.

12월 들어서는 마당 수돗가 빨란 고무통에 산더미처럼 배추가 소금에 절여졌다.

빨간 고무장갑을 낀 온 가족의 온기가 가득했다. 모두들 옹기종기 둘러 앉아 한 해의 수고를 격려했다.

엄마 가시고 몇 년간은 시골집에서의 김장이 계속됐지만 홀로 남겨진 아버지의 건강이 나빠지면서 김장도 사라졌다.

벌초와 묘사

 온 가족이 둘러 앉아 김장을 했던 12월 첫 주 토요일, 4형제
는 모처럼 식당에서 만남을 가졌다.

 엄마 가신지 9년, 아버지 가신지 2년 여만에 여동생의 큰 아
들이 결혼을 하고 첫 가족 모임을 가진 것이다.

 "할매, 할배가 손주들 결혼하는 것 볼 때까지는 살아야 하는
데"라고 하셨던 생전의 소망이 결국 꿈이 되고 말았지만 아버지
께 고한다.

 "아버지 죄송합니다. 감사합니다"라고.

 그리고 우리는 이렇게 살아간다고.

첫 손주 장가 가던 날

엄마는 여동생의 두 아들을 두어 살 때부터 직접 키웠다.

직장을 다니는 여동생이 두 살 차이로 손주를 낳자 홍해 시골집에서 죽도동과 두호동까지 두 차례 이사한 딸의 집을 버스를 타고 다니며 손주들이 중학교 들어갈 때까지 이른바 방문 돌봄을 했다.

어느 날 밤 마지막 늦은 버스를 타고 귀가한 엄마에게 아버지는 짜증을 냈다. "힘들면 당장 관두면 되지 몸 아프다는 얘기는 왜 하느냐"며 화를 내셨다.

저녁밥을 혼자 챙겨 드셔야 하는 일이 다반사였던 아버지로서는 졸지에 홀애비 생활에 힘이 드셨을지도 모른다.

외손주 보느라 이른 아침부터 늦은 저녁까지 버스를 타고 오가는 엄마로서는 영감 끼니도 제때 챙겨주지 못하는 미안함을 당신 몸이 힘들다는 투정으로 하소연했던 것일 터인데, 아버지

첫 외손자 결혼식

의 버럭 화냄에 눈물을 글썽였다.

아버지 또한 외손주까지 챙겨야 하는 엄마의 고단함에 대한 미안함을 대신 버럭 화냄으로 표현했을 터인데, 두 분은 외손주 돌봄을 놓고 자주 언성을 높였다.

세월이 흘러 여동생의 큰 아들이 결혼을 했다.

외할머니의 손길로 어린 시절을 보냈던 외손주 두 명이 나란히 결혼식장 앞에서 멋진 청년이 되어 손님을 맞았다.

"외할머니가 너네들 키우느라 할아버지한테 구박도 많이 받았다"며 축하의 말을 건네자 아버지를 많이 닮은 여동생은 뒤돌아 눈물을 훔친다.

　강물처럼 사람의 시간도 흘러 오늘에까지 왔다. 담담하게 기쁘고, 그 기쁨을 나눌 수 없어 섭섭하다. 섭섭함도 힘이 된다. 그래야 두 분을 오래 기억할 테니 말이다.

치매환자는 행복하다?

치매를 앓는 어르신은 행복하다는 말이 있다.

자신의 과거를 기억하지 못하고 현상의 순간만 기억할 뿐이라고 한다.

과거의 아팠던 기억을 지웠다는 점에서 더 이상 고통스럽지는 않겠지만, 기쁘고 행복했던 일까지 기억하지 못하는 안타까움, 이를 지켜보는 가족의 마음은 어떨까?

10여 분 전의 기억도 할 수 없다는 것. 현재만 있는 삶, 미래도 생각할 수 없는 것일까?

인생은 무엇을 먹고 사는 것일까?

어려웠던 시절 가족과 함께 했던 일, 힘듦을 함께 극복하고 이겨낸 과거를 추억하며 현재의 행복을 공유하는 것이 가족중심의 행복이 아닐까?

아버지는 치매 어르신들이 대부분 입원해 있던 요양병원에

시계 바늘처럼 이생을 스스로 재촉했던 아버지

1주일 계신 적이 있다.

치매 어르신들의 얼굴 표정은 늘 행복해 보였다.

용변을 가리지 못해도 좀전에 다녀간 사람들이 자녀들인지도 금방 잊어버리는 그분들과 뒤섞여 아버지는 말짱한 정신으로 1주일을 견뎌냈다.

그 후 집에서 지병이 날로 악화하자 음식물 섭취를 사실상 거부했다.

입맛이 없어서가 아니라 음식을 먹고 나면 용변 보기가 힘이 든다는 현실적인 고통 외에도 생명연장을 위해 음식 섭취를 할 필요가 없다는 생각을 하신 듯 하다.

당신이 음식물을 섭취함으로써 연명을 통해 자식들에게 더 큰 불편을 줄 수 있다는 아버지만의 고집이었을까?

곡기를 끊어서라도 남은 목숨을 재촉하려는 듯 하다.

아버지는 가시는 날까지도 정신이 너무나도 총명했다.

병든 아비 때문에 힘들어 할 수도 있을 자식들을 위해 당신의 남은 생명을 단축하려 그토록 용을 쓰셨다.

육신이 쇠할수록 자식 걱정을 덜어주기 위해 더더욱 정신 줄을 놓지 않으려 했던 우리 아버지였다.

그것이 과연 배려였을까, 용기였을까, 아직도 이해가 되지 않는다. 나도 그런 용기와 배려를 할 수 있을까, 도무지 엄두가 나지 않는다.

대추와 청계란

고로나19 사태 이후 명절과 부모님 기일은 더 없이 쓸쓸하다.

집합금지 명령으로, 가족들마저도 모일 수 없는 상황이 되자 명절 큰 집을 찾아 차례를 모시는 일도 사라졌다. 부모님 기일 때도 동생들이 오지 못했다.

아버지 기일이 다가오자 혼자 마음이 급해진다. 혼자 준비했던 제사 준비가 거창할 것도 없지만 생전에 좋아하셨던 음식 하나라도 더 마련하려고 기억을 더듬는다.

아들과 소주잔을 기울이면서 다짐을 받는다.

"코로나 때문에 삼촌과 고모들에게 이번 제사 때도 오지 말라고 했다. 할아버지 제사 때는 우리 둘이서 전 부치고 고기를 굽자."

아들은 생전의 과묵한 할아버지 얘기를 하며 동의를 한다.

할아버지 가신 후 또다른 두 부자가 현관에 앉아 어설프게

대추차 만들기

파란알을 낳는 청계닭장

생선을 굽고 전을 부친다.

아버지 생전에 심은 대추나무에 올해는 열매가 주렁주렁 열렸다.

사과대추라더니 크기가 사과만큼 크다.

병아리 때 들여온 청계도 파란 알을 낳기 시작했다.

아버지 계실 때 시작했던 일들의 결실이 하나둘씩 맺어지고 있는 것이다.

아버지는, 시골살림 아무 것도 할 줄 모르는 아들에게 시골살이의 지혜를 그때부터 몸소 가르치신 것일까?

아버지 가신 후 다시 남은 두 남자, 아들과 내가 제사상을 차린다.

마당 한구석에서 벌써 큰 나무가 된 대추나무에서 딴 주먹만한 대추, 병아리가 큰 닭이 돼 낳은 파란 청계란이 제사상에 오른다.

당신이 드실 것을 생전에 준비하신 듯, 아버지의 흔적으로 가득 차려진 제사상 앞에 향의 냄새로 아버지가 오셨다.

하피첩

'병든 아내가 헤진 치마를 보내 왔네, 천리 먼 길 애틋한 정을 담았네, 흘러간 세월에 붉은 빛 다 바래서, 만년에 서글픔을 가눌 수 없구나.'

조선 후기 실학자 다산 정약용이 전남 강진에서 18년 동안 유배생활을 하던 중 10년째 되던 해에 초로의 부인 홍 씨가 누르스름한 오래된 종이 같은 치마폭을 보내왔다.

붉었던 빛은 세월에 바래 옅은 노을색으로 변해 있었다.

다산은 이 치마를 몇 조각으로 잘라 '노을 하(霞)'자를 써서 '하피첩'이란 책으로 만들었다.

다산은 이 중 세 조각에 붓 가는 대로 경계하는 글을 써서 두 아들에게 보냈다.

"근(勤)과 검(儉) 두 글자는 좋은 밭이나 기름진 땅보다 나은 것이니 일생 동안 써도 다 닳지 않을 것이다. 하늘이나 사람에게 부끄러운 짓을 저지르지 않는다면 자연히 마음이 넓어지고 몸이 안정되어 호연지기(浩然之氣)가 우러나온다. 전체적으로 완전해도 구멍 하나만 새면 깨진 항아리이듯이 모든 말을 다 미덥게 하다가 한마디만 거짓말을 해도 도깨비처럼 되니, 늘 말을 조심하라. 흉년이 들어 하늘을 원망하는 사람이 있다. 굶어 죽는 사람은 대체로 게으르다. 하늘은 게으른 사람에게 벌을 내려 죽인다."

유배지에서 아내의 치마폭을 잘라 보낸 아비의 편지를 받아본 자식들은 어떤 마음이었을까?

19년 귀양살이의 지아비에게 초로의 병든 아내는 무슨 마음으로 시집올 때 입었던 빛바랜 치마를 천리 먼 길에 보냈던 걸까. 그 아비는 무슨 마음으로 그 치마폭에 자식들에게 훈계의 편지를 보냈을까?

엄마 가신 후 장롱 깊은 곳, 분홍색 보자기속의 옷가지를 발견한다.

노란색 윗저고리 하얀 동정은 빛이 바래 누렇게 변해 있다.

옷가지를 아버지께 보여드리자 가만히 지켜보시다 말끝을 흐리신다.

"너네 엄마 시집 올 때 장만한 것인데 무슨 보물단지라고 여태까지…."

60여 년 넘게 장롱 깊이 자리한 엄마의 저고리를 보며 풋풋했던

새댁 엄마를 떠올린다.

학생 신변 위험 부모 급래 요망

아침식사도 하기 전에 아버지가 장롱 속에 모셔둔 태극기를 갖고 오라고 한다.

영문을 모른 채 꺼내 드리자 국기봉에 태극기를 묶고서는 대문 옆에 걸라고 하신다.

"오늘이 무슨 날인데요?"

"한동안 공휴일에서 빠졌다가 다시 공유일로 지정된 한글날이 오늘이 아니느냐!"

마침 토요일이라 한글날이 공휴일인지도 몰랐던 아들은 그제서야 고개를 끄덕인다.

아버진 국가기념일을 유난히 챙기셨다.

6월이면 태극기가 시골집 대문 옆에 하루도 빠짐없이 걸렸다.

국가기념일이라고는 현충일뿐이었지만 6월 25일이 되기까지 당신의 마음에는 매일 태극기가 펄럭였다.

6.25참전용사인 아버지는 국가유공자증과 참전용사증을 신주 모시듯 했다.

대학에 들어간 지 2년째인 83년, 대전 가양동에 있는 하숙집으로 귀가한 내게 하숙집 아주머니는 말했다.

"학생, 하숙방을 뺏으면 좋겠어요, 부탁해요!"

"무슨 말씀이세요. 하숙비도 꼬박꼬박 내고 말썽을 일으킨 것도 없잖아요."

"무슨 짓을 하고 다니기에 형사들이 매일 집 앞에 서성대고 있는지 알 수가 없네."

며칠 후 아버지가 하숙집으로 전화를 걸어왔다.

"학교에서 집으로 전보가 왔는데 도통 무슨 영문인지 알 수가 없구나. 방학인데 빨리 집에 오너라!"

때가 여름방학 중인 8월이었으니 아버지의 다급한 목소리가 뙤약볕 여름농사에 그을린 부모님의 얼굴처럼 새까맣게 내 마음을 타게 했다.

전보의 내용인즉, '학생 신변 위험 부모 급래 요망'.

사건의 발단은 학교 내 쓰레기통과 철봉 등의 녹을 벗겨내고 페인트칠을 하는 근로장학생으로 방학을 보내던 차에 문과대학 강당에 방화사건이 발생했다.

학교당국은 물론 경찰이 당시 학내 동아리인 '한글운동

학생회' 회장으로 활동하던 나를 방화사건의 용의자로 지목한 것이었다. 페인트를 혼합할 때 사용하는 시너 통이 사건현장에 있었다는 것이 나를 용의자로 지목한 이유였다. 학교를 졸업하고 한국정신문화연구원(전액 국비)으로 가서 공부를 계속하려던 나의 꿈은 그 전보 하나로 좌절됐다. 2학년을 마치고 자의 반 타의 반으로 군에 입대하게 됐다.

아버지는 그때 '애를 먹고 대학에 보냈더니 빨갱이들과 어울린다' 하시며 당장 학교를 때려치우라고 하셨다.

한글날 태극기를 보면서 아버지를 생각한다.

원이 엄마의 편지

'당신 언제나 나에게 둘이 머리 희어지도록 살다가 함께 죽자고 하셨습니다. 그런데 어찌 나를 두고 당신 먼저 가십니까 … 함께 누우면 언제나 나는 당신에게 말하곤 했지요. 다른 사람들도 우리처럼 서로 어여삐 사랑할까요….'

'원이 아버지에게'란 제목의 '원이 엄마의 편지'는 1998년 안동시 정상동 택지개발지구 내 고성 이씨 문중의 무덤을 옮기던 중 이응태(1556~1586)의 무덤에서 부인의 머리카락을 잘라서 짠 미투리, 2구의 미라와 함께 발견됐다.

이응태의 부인인 원이 엄마는 남편의 병환이 날로 나빠지자 자기 머리카락과 삼줄기로 미투리(신발)를 삼는 등 정성을 다해 쾌유를 빌었지만 남편이 끝내 어린 아들(원이)과 유복자를 남기고 31살의 나이에 숨지자 안타까운 마음을 편지글로 써서 관 속에 넣은 것으로 추정되고 있다. 편지 말미에는 '병술년(1586년) 유월 초

하루날 아내가'라고 적혀 있어 이날이 남편의 장례날인가 보다.

"아버지, 엄마가 지금 돌아가셨어요. 잠든 듯이 평온하게 가셨어요. 아버지가 '미안하다'고 했다고 전했어요"

밤 9시35분, 엄마가 숨을 거두자 맏아들은 시골집에 홀로 계시는 아버지에게 엄마의 임종을 알린다.

"그래, 알았다…."

단 두 마디, 전화기 속의 아버지 목소리는 떨렸다.

아버지는 엄마에게 모질게도 엄했다.

흥해 5일장에 가는 것도 허락을 받아야 했고, 경로당에서 늦으면 직접 찾으러 가셨다. 아들 집, 딸네 집 한 번 가고 싶어도 아버지 허락을 받아야 했다.

그러나 엄마는 생전 자식들 앞에서 아버지에 대해 원망을 하지 않았다.

병석에서도 늘 한결 같으셨다.

"너희 아버지 고생으로 너희를 키웠으니 너희들이 잘 살아야 한다."

힘든 투병에도 정신줄을 놓지 않고 계시는 지금의 아버지는, 인고의 세월을 함께 버텨온 엄마의 머리카락으로 만든 미투리, 그보다 더한 사랑 덕분이다.

크리스마스 보름달

크리스마스 이브 날이다.

어린이집 아침 통원차량 일을 도와주고 있는 터에 원장님이 '1일 산타'를 해줄 것을 간곡히 요청한다.

산타 옷을 입고, 산타 모자를 쓰고, 흰 눈썹과 하얀 수염까지 붙였다.

아침 통원 차량을 운전하는 선생님으로서는 해당 아이들에게 산타 할아버지의 신분을 노출하면 김이 빠지기 때문이다.

"산타 할아버지 어디 계셔요? 빨리 오셔서 선물주세요!"

각 반의 선생님과 아이들의 외침이 어린이집 가득하다.

드디어 산타가 선물보따리를 둘러메고 교실에 나타난다.

모두 다 신이 났지만 어린아이들은 갑작스레 등장한 산타를 보고 긴장한다.

다행히 산타의 실체를 모른 듯 하다.

한명 한명씩 선물을 주고, 사진을 찍고, 어린이집에 활기가

어린이집에서의 1일 산타

넘친다.

'안녕, 메리크리스마스'를 외치는 산타에게 4살 남짓한 남자아이가 다가온다.

"산타할아버지, 무엇을 타고 왔어요?".

"썰매를 타고 왔지. 하늘나라엔 눈이 펑펑 내리고 있거든. 밖에 루돌프가 기다리고 있어. 여기에도 오늘 밤엔 눈이 흠뻑 내릴 거야. 메리크리스마스~~."

엄마는 수수하게 집안 꾸미기를 좋아하셨다.

어느 해 크리스마스 이브 날, 아들이 문구점을 찾아다니며 크리스마스 트리 장식품을 구입해 왔다.

엄마가 심어 아들의 키만큼이나 자란 대문 옆 나무에 오색 전구를 달고 크리스마스를 축하했다.

엄마는 그해 겨울 내내 트리에 전구를 밝히며 아버지의 건강을 기도했다.

두 분이 가시고 아들 혼자 덩그러니 남은 시골집의 허전한 마당에 앉아 보는 크리스마스 날의 보름달이 유난히 반짝인다.

참전용사증

날씨가 후끈 더운 6월 중순을 넘어서자 호국보훈의 달이라며 곳곳에서 6.25 관련 뉴스가 넘쳐난다. 거리에는 태극기가 한달 내내 펄럭인다. 그 길을 지나는 차 안에서 아버지는 당신의 전쟁 이야기를 한다.

휴전무렵인 1953년 쯤 아버진 뒤늦게 징집돼 제주도에서 훈련을 받고 5년여 군생활을 했다고 한다.

"전쟁이 끝나도 제대를 안 시켜주는 거야. 전쟁통에 군인들이 다 죽었으니 병력이 부족하고, 어수선한 휴전 무렵 지루한 군생활을 수년동안 계속했으니..."

전쟁이 끝나도 돌아오지 않는 아들이 전사했다는 흉한 소문이 동네에 돌기도 했다며 당신의 군대 이야기를 하실때마다 나름 신이 나신듯 하다.

대문 우편함에 6.25참전 전우회가 보낸 우편물이 들어있다.

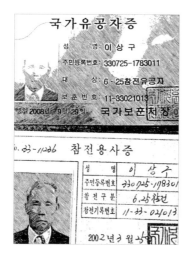

6.25기념행사를 하는데
참석해달라는 내용이다. 그
리고선 전우회 운영 예산이
부족해 어려움이 많으니 밀
린 회비를 납부해달라며 계
좌번호까지 적혀있다.

아버지 앞으로 온 우편물
이니 안 보여드릴 수도 없어
봉투를 내 밀자 "늙은 참전
용사들에게 회비나 거두는

모임에 갈 필요가 없다"며 역정을 내신다.

어느날 파란 대문 옆에 국가유공자 문패가 붙었다. 포항시가
참전용사 댁에 문패 달아주기를 한 것이다.

"할아버지 집이 국가유공자 집인가요? 독립운동 하신 분이
있었나요" 등등 손님과 이웃들이 몹시 궁금해 했다.

초등생 아들 하나를 둔 동생 내외는 혹시나 아들 대학진학때
국가유공자 후손이라 무슨 특혜가 있는지까지 기대했다.

아버지 가시고 3년여가 지나서 보훈지청이라 찍힌 우편물이
낡은 우편함에 꽂혀있다.

참전전우 국가유공자가 사망신고됐으니 장제비를 신청하라
는 내용이었다. 30만원 지원을 한다며 구비해야 할 복잡한 서류
내용이 빼곡히 적혀 있다. 참전전우증 복사본도 첨부하란다. 기
가 찬다. 무슨 놈의 보훈정책이 이 모양인지.

그래도 고히 모셔둔 당신의 증명사진이 붙은 국가유공자증
과 참전전우증을 보며 씩씩한 이상구 병장을 추억한다.

아들의 가출

신문기자 3년차 즈음 가출을 했다.

허리춤에 차고 다니던 '삐삐' 전원을 끄고, 회사며 집에도 연락을 끊은 채 홀연히 사라졌다.

대전엘 갔다가 부산으로, 서울로….

보름여 동안 난 이 세상에서 사라졌다.

긴 방황이 지쳐갈 무렵 불현 듯 부모님 생각이 난다.

삐삐를 켜자 집과 회사의 전화가 수도 없이 찍혀 있다.

"엄마, 외국 출장을 갑자기 가게 돼서 미처 연락도 못했네요…"

엄마에게는 그렇게 둘러댔다.

전화기 옆에서 아버지의 노발대발 목소리가 들린다.

아들이 다니던 직장을 관뒀다.

청년취업난, 청년실업률이 최고란 뉴스가 연일 나오고 있는 와중에 어렵게 들어간, 나름 괜찮은 회사를 한마디 상의도 없이 그만둔 것이다.

우연찮게 선배를 만났다.

이런저런 안부를 묻던 중 선배는 다시 묻는다.

"혁이가 회사를 그만뒀는데 무슨 일이 있었나? 아버지랑 상의를 해서 퇴사하기로 했다던데?"

어안이 벙벙했다. 그 회사는 선배의 도움으로 아들이 입사했던 곳이다.

"형님, 죄송합니다. 아이가 다른 꿈을 갖고 있는 것 같은데 무작정 회사 다니라고만 강요할 수가 없었어요."

퇴근길 아파트 우편함에서 건강공단에서 온 우편물을 발견했다.

직장 수급자 자격이 상실됐으니 지역가입을 하라는 내용이었다.

아들이 회사를 관둔 게 한 달여 이상 된 듯 했다.

모른 척 며칠을 지내다가 주말에 아들과 술자리를 갖는다.

"앞으로 10년을 더 다녀도 배울게 없다."

아들은 주절주절 그간의 어려웠던 회사생활 이야기를 한다.

취했지만 잠이 오지 않는다.

늦은 밤 페이스북에 글을 쓴다.

"어느 날, 아이에게 '나의 색깔'을 흠뻑 칠한 쇠날개를 달아줬다. 하늘을 날 수 있으리라 꿈을 쫓던 아이는 무거운 쇠날개를 두 가슴에 달고서는 비상(飛翔)을 훈련했다. 폭염과 긴 장마, 태풍까지 몰아쳤다. 가을비가 추적 내리던 어느 밤, 하얗게 색 바랜 아이의 등자락을 본다. 풍파에도 끄떡없을 것 같았던 쇠날개가 되레 아이의 꿈을 옥죄었다. 아비의 울음이 천둥같다"

개똥이 약이다

마당에 풀어서 키우는 개가 용변을 마당 한복판에서 본다.

아침이면 그 개똥을 치우는 것도 일이다.

비가 오고 습한 여름에는 파리가 날아들고 냄새가 나서 한시라도 빨리 치워야 한다.

개가 용변 교육을 받아본 적이 없기 때문에 자기가 편한, 찜한 자리에서 용변을 보는 것이다. 10살이 넘은 개를 이제 와서 다시 교육시킨다고 고쳐질 일이 아니다.

매일 아침 개똥을 치우는 아들이 안쓰러운지 아버진 어느 날 빨간 고무 바케스를 텃밭 옆에 가져다 놓는다. 개똥을 그 바케스에 넣어서 뚜껑을 덮어놓으라고 하신다.

깜쪽같이 냄새도 안 나고 파리도 들끓지 않는다. 바케스 가득 똥이 차면 대문 앞 밭에다 뿌리고 흙을 덮는다. 개똥을 먹고 옥수수와 호박 등 온갖 채소들이 우거진 밭을 만들고 있다.

개똥을 치우면서 지게에 똥장군을 지고 재래식 화장실을 치

아버지의 호위무사였던 시골집 개

우던 젊은 시절 아버지의 모습이 스쳐 지난다.

아랫집 윗집 할 것 없이 변소를 푸는 날이면 온 동네에 똥냄
새가 가득했다.

아버진 그 똥장군을 지게에 지고 동네와 멀리 떨어진 남의
밭에 뿌렸다. 밭주인으로선 똥거름을 손수 가져와서 밭에 뿌려
주니 마다할 리가 없었다.

인분이든, 개똥이든 다시 자연으로 돌아가서 또 다른 생명체에게 먹을거리를 만들어주는 섭리가 단순하지만 오묘하다. 엘리자베스 여왕이 안동에 와서 식사를 하지 않은 것은 인분으로 채소를 길렀다는 이야기를 들었기 때문이라고 한다. 개똥같은 소리다.

오늘도 개똥을 쓸어담으며, 아들은 아버지를 닮은 늙은 개를 물끄러미 내려다본다.

꿈으로 오신 엄마

"엊그제 엄마가 꿈에 나타났어. 아무런 말씀도 않으시고 빙그레 웃더니만 사라졌어. 뭔 일인가 싶어서 산소에 갔다 왔어."

막내 여동생이 우리 형제 단톡방에 엄마의 꿈 소식을 전했다.

막내가 엄마의 꿈 얘기를 꺼낸 것은 지진피해를 입은 흥해 아파트가 정부로부터 '전파판정'을 뒤늦게 받아 이에 준하는 지원금을 받을 수 있게 됐다는 신문기사를 단톡방에 올리고서다.

지진피해를 입은 건물분에 대해서 평형에 따라 현금을 지원하고 토지는 원 소유자가 그대로 갖게 된다는 내용이었다.

막내는 수십 년 전 아이도 없이 돌싱을 택했다. 대학 졸업 이후 작은 회사에 근무하던 중 나이가 들자 학원강사로 직업을 바꿨다. 수입은 차치하고라도 혼자서 모든 것을 선택하고 결정할 여유가 없는 상황이었다.

내 나이 50대 초반에 엄마가 가셨으니 10살 차이 나는 막내로서는 40대 초반에 엄마를 잃은 것이다. 엄마의 사랑이 그립

생각한거보다 많이 주네

너무좋아서 눈물이 ㅋ
오후 5:46

ㅎㅎㅎㅎ 화야가 착하게 산
결과
오후 5:46

이순형 동생

우리 너무 소박하게 산다
~^^ㅎㅎ
오후 5:47

이성화

사실 3일전에 꿈에 엄마가
나와서 어제 산소갔다왔는데
인과성은 모르겠지만
암튼 고마워요
오후 5:47

이순형 동생

ㅋㅋ 좋은꿈 꿨네
오후 5:48

엄마의 꿈 소식을 전한 막내의 문자

고, 부모님의 보살핌이 아직 필요한 막내는 무뚝뚝한 오빠에겐 모든 것이 잘되고 있다고만 말할 뿐이다.

그의 유일한 재산인 흥해 아파트가 지진으로 풍비박산이 나고, 피해지원금 신청조차도 못하고 있던 그의 사정을, 막내는 언니에게 알릴 뿐이었다.

"오빠, 막내가 흥해 아파트를 팔고 시내에 전세라도 들어가야 할 것 같은데 지진피해가 난 아파트라서인지 부동산에서 너무 헐값을 제시한다."

이렇게 상황을 여동생이 전한다.

전세 옮길 돈이 부족해서 이 아파트라도 긴급히 팔아야 한다는 사정을 접했지만 난 한사코 팔지 말 것을 주문한다.

"전세금 부족한 부분은 내가 촌집 담보라도 내서 줄게."

설득 끝에 흥해 아파트는 남의 손에 넘어가지 않았다.

30평형대는 8천여만 원, 20평형대는 6천여만 원 정도의 전파피해지원금을 줄 것 같다는 시청의 확인 내용을 단톡방에 올리자 막내는 물론, 형제들이 모처럼 즐거운 이모티콘을 마구 날린다.

어릴 적엔 늙은 엄마의 사랑을 제대로 받지 못한 막내, 나이 들어서는 '돌싱'이 됐다는 죄책감으로 부모님은 물론 형제들에게도 늘 미안해했던 막내가 기뻐하는 모습에 종일 오빠의 마음도 신이 난다.

아들의 편지

주말이면 페이스북을 서핑한다.

페친들의 소식도 궁금하지만 아들의 소식을 기다리기 때문이다.

군에 간지 7개월째 된 이동혁 일병, 충북 진천 군수사령부 제5탄약창에서 PX병으로 근무하고 있다.

아들이 주말 페북에 글을 남겼다.

"다 같이 빈손으로 와서 빈손으로 가는 처지에 왜 서로 못 잡아먹어서 안달이지."

순간 걱정이 됐다.

부대 내에서 선임들과 갈등이 있는 것은 아닌지.

하지만 전화를 하지 않았다.

주말에 아들은 최고 바쁜 시기다. 쉬는 장병들이 PX를 많이 이용하기 때문이다.

페북에 댓글을 달았다.

부모님 산소

"먼일 있나?"

그리곤 하루가 지난 일요일에 댓글이 달렸다.

"뉴스보고 느낀 점 ㅋㅋ"

아버지는 대구 카톨릭병원 병실에 누워 있다.

폐에 문제가 있어 수술을 했다.

수술 후 열이 떨어지지 않아 간밤을 꼬박 세운 엄마는 사색
이 되어 있다.

'전진' 구호를 외치며 병실을 들어서는 아들의 까만 얼굴도

타들어간다.

육군1사단 신병교육대 훈련을 마치고 휴가를 나온 내가 아버지가 대구 병원에 계시다는 소식을 듣고 달려온 것이다.

1주일여의 휴가 동안 아들은 등교하는 세 명의 동생 끼니를 챙겼고 쇠죽을 끓이며 집안 일을 챙겼다.

할머니가 이별을 앞두고 있을 즈음 군복무중인 장손자는 끝내 휴가를 나오지 못했다.

할머니는 간신히 정신을 차릴 때마다 손자의 안부를 물었다.

설을 앞두고 아들의 손을 이끌고 찾은 부모님 산소에 햇살이 따사롭다.

아버지의 유산

엄마는 주말에 다녀간 남동생 걱정을 하신다.

대구에서 신문사에 다니고 있는 남동생은 뒤늦은 아들 하나를 두고 있다. 결혼때부터 집에서 보태준 것이 아무것도 없다. 홀로서기를 통해 거뜬하게 살고 있다고만 생각했던 동생이었다.

"대구에서 집값이 비싼 동네로 이사를 해야 하는데 돈이 부족하단다. 집이든 논이든 담보로 대출이라도 받을 수 없느냐고 땡깡을 부리고 갔다."

엄마는 둘째 아들의 사정을 내게 전한다. 아버지는 엄마의 말에 아무런 말씀이 없다.

"집은 큰아들이, 논은 작은아들이 가져가라"

한참 후에야 이렇게 말씀하신다.

두 분은 세상이 험하다보니 벌써부터 자식들에 대한 유산정리를 하신 셈이다.

아버지 가신 후 한 달여 만에 이른바 재산정리가 마무리됐다.

재산이라고 할 바 아니지만 부모님에겐 평생을 일군 삶의 흔적, 유산이다.

2남 2녀 4형제, 동생들은 장남인 나의 결정을 기다리는 듯했다.

동생들의 면면을 보면 안타깝지 않은 부분이 없을까만, 촌집은 맏이가, 논은 남동생이 50% 두 딸 25%씩 공동등기를 하는 것으로 정리가 됐다.

가을 벼 수확을 한다. 아버지의 굽은 등을 먹고 자란 그 논에서 올해도 어김없이 알곡이 영글었다. 파란 대문의 시골집에는 두 분 생전에 들여온 강아지가 늙어가고 있다.

겨울 문턱에서

겨울 문턱의 만추가 형형색색 가슴을 벅차게 한다.

세월이야 오고 간다지만 한 해를 놓고 보니 벌써 12월 막 달력도 저기에 있다.

봄은 긴 겨울의 잠이 덜 깬 듯 눈이 부셔서 그랬고, 여름은 작열하는 태양과 끈적끈적 대는 습기가 폐 구멍을 새까맣게 태웠다 막을 듯 해서 싫었다.

그래서 오색의 단풍과 만추의 낙엽, 그리고 청명한 그 하늘이 있어 그토록 기다렸던 가을이언만.

또 몸살이 났다. 계절병인가.

부모님 모두 가신 시골집에 우두커니 창밖 대문을 바라본다.

"야야, 밥은 먹었나?"

엄마의 환한 얼굴,

"왔나…

"맏아들을 반기는 아버지의 무뚝뚝함이 대문을 열고 들어서
는 듯 하다.

'딸아이가 시집가는데 일이 한두 가지가 아닙니다. 무엇보다
과일을 얻을 데가 마땅히 없습니다. 혹 공께서 비축하고 있는 여
러 과일들을 좀 보내 주십시오. 공을 믿고 억지를 부립니다. 송
구합니다.'

선조 때 호남의 이름난 성리학자인 안방준(1573~1654)이
딸의 혼례 과일을 구하고자 지인에게 보낸 편지다.

딸을 시집보내면 자주 볼 수 없던 시절이라 아비의 품을 떠
나는 딸에게 빠지는 것 없이 챙겨주고 잘 차려 혼례를 치러주고
싶은 가난한 아버지의 마음이 엿보인다.

편지를 쓴 때가 과일을 구하기 힘든 겨울이었으니 아버지는
딸을 위해서 선비의 체면도 버렸다.

시골집에 가면 항상 부모님이 '청년'같이 계셨다.

사람과 산과 물이 붉은 삼홍(三紅)의 계절, 그 가운데 서서
'이 가을 또 올까?'라며 늙은이 같은 체념이 몰려온다.

낙엽 지면 또 새해가 오고, 다시 꽃피고 새 우는 봄이거늘,
과욕과 분노, 증오만 넘실대는 가을의 끝자락, '나는 무엇이며
누구인가?'

칠포앞바다의 겨울

자아정체병을 앓고 있는 것 같다.

'두 죄수가 창살 사이로 바깥을 내다보았다. 한 사람은 진흙 탕이 된 땅바닥을 보았지만 다른 사람은 별이 반짝이는 하늘을 보았다.'

아침마다 배달되는 편짓글을 읽고서는 생각했다.

"그래, 불행이라고 생각한다면 그 크기와 색깔의 차이겠지만 누구나 가슴 속 한 자리에 행복과 불행을 같이 품고 살아가는 것이 삶의 현실이거늘."

그렇게 마음을 다독인다.

내가 있기에 가족이 있고 저들이 있음으로 내가 살아가는 이유가 아닐까.

부모님 가신 후 맏아들은 세상의 빛을 향해 다시 몸부림친다.

처마 밑 제비, 둥지 틀다

6월 어느 날 처마 밑에 제비집이 얼기설기 지어지고 있다.

이른 아침 참새떼가 마당 위를 지나는 전깃줄에 앉아 있는 것 외에는 제비 소리를 듣지 못했던 터라, "콘크리트 처마에 무슨 제비냐"며 무심코 지난다.

그러던 어느 날 엄마제비가 분주하게 집을 오간다.

빨간 아가리를 벌리고 있는 아기제비 4마리.

부지런히 먹이를 물어다 새끼를 키우는, 고생이 아니라 보람이다.

모내기철도 지난 양력 6월말, 아기제비들이 무럭무럭 자랄 무렵, 아버지는 새벽 들판을 둘러보고 오는 것이 생활이었다.

물대기는 물론, 논둑을 보수하고, 혹 잡초라도 있으면 새벽 내내 뽑아내느라 분주했다.

아기제비를 키우는 엄마제비처럼, 아버지는 모내기를 마친 파란 벼 이삭에 정성을 다 했다.

"제비가 집에 들어오면 그해 풍년이 든다고 했는데…"

처마 밑 제비똥 치우느라 귀찮은 듯 혼잣말 하는 아들을 위로하듯 아버지는 그렇게 초여름을 맞았다.

그리고 아버지 가신지 1년만에 다시 찾아 온 봄.

엄마 제비는 고단을 잊은 채 다시 4남매를 지극정성으로 키우고 있다.

아버지의 의자

12월 중순, 칼바람이 몰아치는 강추위가 며칠째 기승을 부린다.

시골집 현관 파란 의자에 앉아 창문 너머 겨울을 물끄러미 쳐다본다.

창문으로 비치는 햇살이 따사롭다. 아니 눈이 부시다.

엄마가 계실 때 새끼로 온 개가 보름여만 지나면 12살이다.

그 아들도 50대를 마감한다.

아버지 생전 대문 앞 벽돌로 얼기설기 만든 집 앞에서 묶여서만 살았던 개는 아버지가 가신 후 목줄에서 해방이 됐다.

개는 여전히 대문 앞에서 귀를 쫑긋하며 바뀐 집주인의 호위무사를 자처하고 있다.

아버지 생전과 같이 간밤 현관문 앞에서 주인을 지키며 웅크리고 앉았다.

낡은 까만 대문이 화사한 신식 대문으로 바뀌었고, 회색 빛

거실 창가의 아버지

시골집의 청계

이 바랜 담장에 새하얀 색깔이 덧칠해졌을 뿐 그해 겨울이나 지금의 겨울이나 달라진 것은 없다.

엄마가 가신 후 수년이 지나도록 아버지는 말수가 적어졌다.

무뚝뚝한 아들과 사는 시골집에서 딱히 아버지가 할 말이 많을 필요성이 없었지만 "밥 먹자. 잔다, 불끄라. 오늘은 일찍 퇴근하느냐." 등등 필요한 말씀 외에는 일체 말을 하지 않았다.

대신 지금 내가 우두커니 앉아 당신을 생각하듯, 아버지는 현관 창가 파란 의자에 앉아 그해 겨울을 견디시고 봄을 기다리듯 엄마를 생각했다.

그리고선 이듬해 봄이 오자 무섭게 엄마를 따라 가셨다.

이젠 내가 아버지의 파란 의자에 앉아 이 겨울을 버티고 있다.

이 혹독한 겨울을 견뎌내면 새봄이 올까?